詩文叢集

童山題耑

新詩韻味濃
增訂本

徐世澤 著

作│者│簡│介

徐世澤 簡介

作者出席《文訊》重陽敬老餐會

江蘇東台（興化）人，一九
二九年三月十三日生。國防
醫學院醫學士、公共衛生學
碩士，曾赴美、澳、紐等國
考察研究，十四度代表出席
世界詩人大會，足跡遍布六
十四國。旅遊挪威北部時，
親見「午夜太陽」。曾任醫
院主任、秘書、副院長、院

長，雜誌總編輯等。作品散見各報章雜誌，並列入世界詩人選
集，出版中英對照《養生吟》詩集、《詩的五重奏》、《擁抱
地球》（正字版、簡字版）、《翡翠詩帖》、《思邈詩草》、
《新潮文伯》、《並蒂詩帖》、《健遊詠懷》（正字版、簡字
版）、《新詩韻味濃》、《平水詩韻簡編及杜詩鏡銓》（合
編）、《花開並蒂》（合著）、《並蒂詩花》（合著）、《並
蒂詩風》（合著）、《並蒂詩情》（合著）、《並蒂詩香》及
《並蒂詩林》等。

　　曾獲教育部詩教獎。現任中國詩人文化會副會長、中華詩
學研究會理事、中國詩歌藝術學會理事、台灣瀛社詩學會常務
監事、《乾坤詩刊》社創辦人之一，兼任副社長等。

邱序

　　楊牧〈野店〉的開端說：「詩人是一種什麼行業？黃昏裏掛起一盞燈。」世上的三百六十五行，好似沒有「詩人」這種行業；但每個時代，都有詩人的存在，他們自我表白心裏要講的話，用烹文煮字的方式，以敏銳的感悟，熬出一行行動人的篇章，傳遞於你我之間，贏得會心的一笑，以此得到滿足。

　　我的詩友徐世澤便是一位異類，他的本業是醫師，卻一生迷上寫詩這特殊的行業，他不但愛寫古典詩，也迷上寫新詩。最近他連續寫了兩百多首的新詩，詩名為《新詩韻味濃》，要我為他這本詩集寫序，我發現他的詩，「韻味」特別濃，於是尋根究柢，他的詩都異於一般所謂的「現代詩」或「白話詩」，內容清晰明白，而有詩味，表現出新詩韻味濃的特色。何況醫師有悲天憫人的懷抱，樂善好施，又是詩人的本色。他熱心推展詩教，出錢出力，樂於助青年詩人。近十年來，印行「大專用書」詩集等十餘冊。

　　現代的所謂「新詩」或「現代詩」，好似文字的排列組合，顯得特別怪異，讀完了每個字都看得懂，連起來卻不知所云？這種詩，在我國古代好像也出現過，在北宋的初期，有所謂「太學體」和「西崑體」。「太學體」是當時「太學生」所寫的詩，晦澀難懂，如今已被時代淹沒，後世已不流傳。至於「西崑體」，今有《西崑酬唱集》，被收錄在《四庫全書》

中，但沒人會背一首西崑體的詩，等於是死文字的詩。

現代詩是詩魔，寫這類詩的人，自我陶醉，過一陣子，也是煙消雲散，留下「詩屍」一般，沒有人去流傳。詩要像朱自清所說的：「理想的白話文，上口。」詩是白話文的一類，要求「上口」，人人聽得懂，但詩要有韻律，才與散文有區別，又要含蓄，才有詩趣和詩境。也就是有用比、興來寫詩，有弦外之音，或意在言外。

徐世澤詩友，他寫詩合乎這些詩的要件，首先要求有韻，再要求有格律，這是新詩的起碼條件；其次再要求詩趣和詩境，就是詩歌內容的充實。他的古典詩和新詩都接近口語，尤其新詩，合乎聞一多所說的：「詩要有音樂性，要有繪畫性，又具有建築性。」詩與歌相連，具有音樂性，詩是音樂文學，有韻律和節奏；詩與景物相接，也就是詩中有畫，畫中有詩；詩要有建築性，詩歌的起、承、轉、合，是像蓋房子先要有設計圖或藍圖，藝術都有結構，詩藝也不例外。所以新詩樂於有韻味，既押韻又自然，他是一位求新求變的詩人。他是醫師兼詩人，對人生的看法，又與其他詩人不同，他的詩寫人生，寫醫院內外的世界，對生、老、病、死的人生，又更拓展這方面的領域，領略生命的意義，以及生命的價值。

如今他將兩百多首的新詩結集成書，詩集名為《新詩韻味濃》，他要我為他的新詩集寫序，我也樂於為他寫序，使我想起歐陽修為蘇舜欽的詩集寫序，說「詩是寫而後工」，我想每個人在生命的過程中，都遭遇過困境，詩要寫得好，窮而後工

是必經的過程，經過這層的困頓，才能提煉出人生的意義，人生價值的詩篇。

　　詩是寫人命、寫人生的工具，引用言語文字，完成一首首含有高密度情意的濃縮，有難度文字排列組合的詩歌。你親自打開他的詩集，細細品賞他的詩歌，一面讀懂他詩中的意涵，又可體會他詩中的韻律，像行雲流水般，感受到人生美好的一面，又感受到人生的意義，才發現活著真好，活著真是快樂。

邱燮友

臺灣師範大學國文系所

前任教授兼主任、所長

2016年 5 月 15 日

讀《新詩韻味濃》兼談現代詩寫作

許清雲撰稿

　　我喜愛詩，偶爾寫寫古典詩，也寫寫現代詩。曾經為古典詩教程寫過《近體詩創作理論》，也曾動念想寫一本《現代詩創作理論》，但矛盾一直存在心中，遲遲不敢動筆。近年來因緣際會，經邱燮友教授介紹認識詩人徐世澤。徐老先生醫師出身，兼有詩人的感性。曾十四度代表出席世界詩人大會，二○○○年在希臘世界詩人大會上朗讀詩歌，作品散見各報章雜誌，並列入世界詩人選集。著作豐富，有中英文對照《養生吟》、《詩的五重奏》、《擁抱地球》、《翡翠詩帖》、《思邈詩草》、《新朝文伯》、《健遊詠懷》、《新詩韻味濃》及《並蒂》系列等十餘部詩集。

　　徐老先生年近九十，除努力創作外，更有宏揚中華詩學的偉大抱負，極力呼籲為現代詩創作找到一條大家認為可行的主要形式和規範，使初學者有所適從。他認為：「現在的現代詩，是以美學透過那抽象的具體，著重意象、象徵、比喻、聯想、想像力，勾勒出一種動人心弦的意境和情調。雖然分行分段大體整齊，具有藝術性，大多詩人卻未重視音韻節奏，無法朗朗上口，令人難以記憶。只能說它有機會和宋詞、元曲一樣，先作好幾種固定的範式，再經過多人接受、喜愛，試寫，成為眾多詩人學習模仿的對象，才能定型，才能成為二十一世

紀的新創詩體。」（《新詩韻味濃‧自序》因此，每次相聚談話，對我寄望甚殷。其實，個人年過一甲子後，沉迷於古籍數位化，目前還有大計畫正在推動。況且胡適別創「活的文學」，倡導白話新詩，強調的就是鼓動創新，就是自由，我豈能蚍蜉撼大樹，欲為自由新詩立下規範。但最近重讀《新詩韻味濃》，越讀越有韻味。沉思多日，覺得徐老先生以韻味手法，表現了景物的特質及自我的感受，「融舊詩韻味於新詩，開詩壇道路於未來，追求現代之語言、情調和舊詩之可記可吟為一體，消除新詩為人詬病之不足，洵承繼千秋詩脈、發揚當代詩風之功臣也。」（江蘇連雲港師院退休教授李德身《新詩韻味濃》點贊語）如果就以這本書為藥引，再配合個人對白話新詩的一些想法，舉書中詩篇為例，應該會有助於初學者的創作吧！

一　詩的本性在於美

詩的本性在於「美」，現代詩創作，一定要緊緊抓住這個特徵。什麼是詩？這是歷來詩學研究者避不開且又說不清楚的一大難題。根據楊鴻烈《中國詩學大綱》統計，我國歷來關於詩不同說法，竟達四十種之多。個人覺得，北宋司馬光針對言文詩三者之關係說：「言之美者為文，文之美者為詩。」〈趙朝議文稿序〉這在當時，甚至今日都不失為獨到之論。足見詩的本性在於「美」，詩與美的關係乃是詩的基本關係。任何一

首好詩，基本上都是美的呈現。美的呈現雖有多方面，但主要應該展現在詩意的推敲和詩句的精煉上。

　　眾所周知，詩的立意是創作中關鍵核心，寫詩以立意為主，也是創作的一條重要原則。王夫之《薑齋詩話》說：「無論詩歌與長行文字，俱以意為主。意猶帥也。無帥之兵，謂之烏合。李杜所以稱大家者，無意之詩，十不得一二也。煙雲泉石，花鳥苔林，金鋪錦帳，寓意則靈。」王氏這幾句話，已把立意的重要性說得很明白了。然而，寫詩要如何立意呢？唐代詩論家皎然的《詩式》說：「其一十九字，括文章德體、風味盡矣。」他所說的「一十九字」是：高（風韻切暢曰高）、逸（體格閒放曰逸）、貞（放詞正直曰貞）、忠（臨危不變曰忠）、節（持節不改曰節）、志（立志不改曰志）、氣（風情耿耿曰氣）、情（緣情不盡曰情）、思（氣多含蓄曰思）、德（詞溫而正曰德）、誡（檢束防閑曰誡）、閒（情性疏野曰閒）、達（心跡曠誕曰達）、悲（傷甚曰悲）、怨（詞理悽切曰怨）、意（立言曰意）、力（體裁勁健曰力）、靜（謂意中之靜）、遠（謂意中之遠），這都跟立意有關。簡而言之，詩意一定要經過再三的推敲，使自己的意識、情感、懷抱，一一藏納其中，必然蘊涵美感。《新詩韻味濃》的作品在意象的鍛鍊上，無論意識、情感、懷抱，都有其獨特的詩美。一眼能看出的就不在此贅述，當中有兩首看似輕浮的詩，但都寫得不輕浮，關鍵在於詩人善於精心煉意了。請看：

「新莊一襲裹細腰／蓮步輕移臀股翹／掀動酥胸展娥眉／回眸淺笑，意在促銷／玉體透露薄衫中／扭動腰肢隨風搖／花容月貌飄香氣／路人驚艷，都說窈窕」——〈模特兒〉

「夜晚車流滾滾／恍若舞著一條火龍／遠觀群星熠熠／有人趕來交鋒／夜店門前燈光閃爍／鶯鶯燕燕一窠蜂／新貴風流想入門／竟遭狗仔窮跟蹤」——〈夜店途中〉

　　前者寫時尚模特兒走秀，後者寫都會的夜店生活，都能以現代的感性和體悟煉意，通過融匯古今文字詞藻和句法的手段，來昇華詩意，一人的聲音有百姓的聲音，所以能呈現出詩的美。

　　其次，詩既是精煉的語言，詩句力求簡潔精煉，已是不爭的事實。《新詩韻味濃》書中精緻凝煉的詩句頗多，如：「挺立在路邊牆角／孤獨高懸一盞秋色的燈」（路燈）、「欲祭疑君在，又恐／親人已赴印度洋黃泉路」（馬航成謎）、「號子看板上／像大海波浪／無數浪花嘩嘩湧跳」（股市悲歌）、「水珠柔美輕盈／淌在葉面上亮晶晶」（雨滴）、「晚秋的風／吹亂夕陽的影子」（推輪椅的菲傭）、「秋風吹奏一曲金秋的旋律／成熟的絳紅、金黃／沉甸甸的遍地琳瑯」（秋風）、「陽明山的秋風，吹著／枯黃的樹葉，在枝頭搖晃／它們寫成的詩句，近乎焦黃」（秋之旅）。似此形象生動，語言精美詩句，俯拾皆是，讀者不難發現。

詩句要求精煉，因而遣詞用字也不能失之太白、太俗。昔時偶見現代詩人以屎尿、吐痰入詩，而吟哦無味，這就過度隨意玩弄了。不過，我並非頑固不靈，堅持屎尿、吐痰永不得入詩。《新詩韻味濃》書中正好有這種題材，如寫〈爺爺失禁〉：「他怕人聞到尿臊味／而有社會孤立的窘境／他眼睜睜看著濕答答的地面／媳婦常常為此愁眉苦臉」、〈老人失禁〉：「他失智了多久了／不知怎麼這樣糊塗糟糕／返老還童，隨意大小便／弄得自己毫無尊嚴」、〈為丈夫長期拍痰〉：「砰砰拍拍，砰砰拍拍／奏出響亮而規律的音符／拍痰聲和虛弱的咳嗽聲／此起彼落／形同一場苦澀的交響奏」，這幾首就充滿關懷與悲憫之心，如此看待用字遣詞，就能易俗為雅了。

二 詩的形式要有視覺美

詩是一種感官的美學，主要是呈現在視覺和聽覺的美感上。因此，形式的規範必須分行、分段。如何分行、分段？由於胡適倡導白話新詩，強調的是自由，因此並無固定的形式。然而，西洋有十四行詩，也可暫以十四行為基準，略作增減。若是經營長篇敘事詩，則不在此限了。《新詩韻味濃》收錄的作品，行數以八行、九行、十行、十二行、十五行、十六行居多，段數則分成兩段至五段，每行不超過十三個字，每段不超過七行。分行分段整齊，具有藝術性，初學可以取法借鑒。例

如〈白衣天使〉和〈兩千年石柱〉同樣是十行分兩段，但分段形式不同。而〈視病猶親〉和〈老翁心語〉句子不同，分段形式不同，但同樣分成八行。〈曲終人未散〉、〈樹，逃過一劫〉和〈和簿〉句子不同，分段形式不同，但同樣分成九行。〈推輪椅的菲傭〉、〈她的眼睛〉和〈疊花〉句子不同，但同樣分成三段十二行。當然，詩集中還有更多的形式變化，都是經過詩人精心設計的，編排在一起就很能呈現出視覺之美。請看看這些作品：

満臉溫柔相
輕盈天使裝
玉人含笑來復往
儀態端莊
親切勝冬陽

輕聲微笑說
殷勤問暖涼
上班總為病人忙
心腸慈善
贏得美名揚──〈白衣天使〉

穿越希臘羅馬時代
狼煙烽火甚巨

默默屹立

流著歲月的淚水

傷痕覆著傷痕

淚跡蓋著淚跡

兩千年石柱

迎接時代風雨

撥開歷史雲煙

巍然不墜──〈兩千年石柱〉

台灣，有熱心的志工

為需要幫助者指點迷津

他們都具有專業知識

在安排就醫中倍感溫馨

對患者悉心噓寒問暖

不求報酬和賞金

像春風拂過大地

如春雨滋潤人心──〈視病猶親〉

一株枯朽的老樹

隨時會嘩然倒下

未來的生命

輕如剩餘的殘渣

眼前所見
盡是花落，夕陽斜

倦飛野鴨
如寒夜簑衣，孤坐於水涯──〈老翁心語〉

窗外，一片昏暗
窗內，一盞慘淡燈光

一個病人身上到處插管
夜深，家屬優雅的愁容上
個個熱淚盈眶

病人只有依賴機器呼吸
醫師正待宣布死亡
家屬默然祈禱
夜色，凝靜蒼茫──〈曲終人未散〉

面對斧頭與鋼鋸
樹隨風沙沙作響、抗拒
上天憐憫為它下一場大雨

眾鳥高飛

樹淋著雨

狂風將雨朝工人身上吹

工人全身是水

怕淋雨感冒

只好收拾斧頭與鋼鋸……──〈樹，逃過一劫〉

越久越發黃，成一堆廢紙

雖說青春藏在此

只是回憶老人的往事

那好景值得留念

不忍丟棄

這本個人史料

不管站或坐，幾乘幾

再也走不出這裏

總之，它要和我在一起──〈相薄〉

斜陽散步，在醫院長廊

一雙黝黑而溫順的手

推著一輛輪椅緩緩徜徉

老人乾癟的嘴問短問長

她豎起耳朵，貼近那張嘴傾聽

他黃昏的憂傷

晚秋的風
吹亂夕陽的影子
她想起了椰樹下的爹娘——〈推輪椅的菲傭〉

她的眼睛像冬天的太陽
帶點微笑望著我
我冷冷的心靈瞬間溫暖舒暢

她的明眸閃亮著光芒
傳情的眉目瞧著我
樂得我心花怒放

她的眼神呈現獅吼模樣
炯炯地盯著我
嚇得我渾身發燙——〈她的眼睛〉

含苞待放的嬌客，昨夜來訪
驚見他的麗質剎那間
綻放出一朵流香，潔白如霜

夜裏，在燈光照耀下的陽台上
目睹她展現生命的精華
勝過秋夜皎潔的月光

今晨，我推窗觀望

未留下一點昨夜驚艷的痕跡

她的表現依舊平常——〈曇花〉

三　詩的節奏要具有聽覺美

　　眼前擺著一篇文學作品，要看它是不是詩，我們應該以什麼為標準去加以判斷呢？在傳統觀念中，首先是看它有無分行，是否押韻。押韻是相當重要的，正如章太炎所說：「詩必有韻，猶之和尚必無妻。和尚有了妻，就算俗人好了，何必說是和尚？詩無韻，就算文好了，何必說是詩？」從詩的節奏要具有聽覺美這一觀點來看，章太炎「詩必有韻」的說法是十分正確的。蓋詩之為物除有審美之辭句外，仍須有和諧悅耳的音調。如何讓音調和諧悅耳呢？一是用韻，一是聲調。我國古詩在長期發展中，根據漢語和文字在形、音、義方面的諸多特點，創造了許多相當完美的格律和形式，這對於今人仍有許多可借鑒之處。近體詩是唐詩中最重要的一部分，也是唐詩藝術成就最突出的領域。唐人寫作近體詩，因為已有規範的押韻位置和調聲方法，照著既定規範去做，音韻自然和諧優美。

　　胡適白話新詩強調的是革新，革故鼎新是把舊有好的部分留下來，把不合時代的陳腔濫調革除，並不是全盤否定古人的一切作為。自由化與格律化是詩歌的兩大形式規律，可以互存互補。事實上，不論是我國古代或是外國，詩的發展幾乎都是

通過自由化與格律化的相互競爭、相互交錯的道路走過來的。因此，就用韻來說，如果與詩意內容相適應，可以在或多或少程度上增加詩的美感，應是值得鼓勵的。古人詩歌有用韻和調聲，這是屬於舊有好的部分，應該保留下來。至於古時韻部的歸屬、押韻的位置、調聲的方法等等，雖不是罪大惡極，但也不必強求似這般劃一的標準。這些就儘量給創作者自由的空間，讓作者自己去調配吧！胡適《嘗試集》中的詩，多半也是用韻的，例如〈老鴉〉：

「我大清早起／站在人家屋角上啞啞的啼／人家討嫌我，說我不吉利：——／我不能呢呢喃喃討人家的歡喜　天寒風緊，無枝可棲／我整日裏飛去飛回，整日裏又寒又飢／我不能帶著鞘兒，翁翁央央的替人家飛／也不能叫人家繫在竹竿頭，賺一把黃小米」

全詩除分行、分段外，還句句押了韻腳。《新詩韻味濃》收錄的作品都有韻腳，吟誦抑揚頓挫，美不勝收，初學應是可以借鑒的。如上引〈白衣天使〉一詩，全首「相」、「裝」、「往」、「莊」、「陽」、「涼」、「忙」、「揚」押韻；〈視病猶親〉一詩，全首「津」、「馨」、「金」、「心」押韻；〈老翁心語〉一詩，全首「下」、「渣」、「斜」、「鴨」、「涯」押韻；〈她的眼睛〉一詩，全首除「陽」、「暢」、「芒」、「放」、「樣」、「燙」押韻外，在三段中

間一句安排同是「我」字收尾，造成句句用韻效果。再舉三首供觀摩，如〈北海岸風箏〉：

「明媚春三月，風箏節／在北海岸舉行／憑借東風，離地仗線牽／魚蟲鳥類小熊，飛上青天　輕盈體態，飄飄欲仙／眾人抬頭仰觀樂陶然／舞姿惟靠風吹動／風力衰竭，紛紛墜落爛泥田」

這詩全首「牽」、「天」、「仙」、「然」、「田」押韻，而第一行中「月」、「節」也是押韻。又如〈股市悲歌〉：

「號子看板上／像大海波浪／無數浪花嘩嘩湧跳／在玩：你下．我上，跌跌漲漲　退潮了！退潮了／滿海黑色暗浪／多少人心潮起伏／一生血汗在波濤中流光」

這詩全首「上」、「浪」、「漲」、「光」押韻，「跳」、「了」也是押韻，而第二段第一行中「退潮了！退潮了」也是行中有韻。又如〈回家〉：

「北榮高樓在北投天空發光／我家就住在這地方／由台北站搭上飛快捷運／石牌站兩旁飄菜香／喝幾口熱湯，溫暖了心房　接駁車帶我到北榮／讀了一首詩送夕陽／下車

後，在返家路上／太太的呼喚聲／總在晚風中回盪」

這詩全首「光」、「方」、「香」、「房」、「陽」、「上」、「盪」押韻，而第五行中「湯」、「房」也是押韻。

總之，作者善於押韻以製造節奏，不但句尾押韻，句中韻也頻出現。不僅此也，其押韻並非一成不變地一韻到底，有時也換韻，或平仄通押，使節奏不至機械、呆板。故讀其詩，朗朗上口，足可感受聽覺的律動。

四　寫詩要從生活中提煉

藝術是與人生極有關係的。唐代詩歌之所以特別興盛，是因為在那時代生活就是詩，詩就是生活。一部杜詩，可說是杜甫全面生活的實錄，也是那個時代的社會實錄。因為詩是現實生活的昇華和個性的表現，所以詩的寫作離不開現實，也離不開寫詩的人，否則很難引起讀者共鳴，更無從見其獨創的精神。詩人林煥彰主張寫詩要「從生活開始」，這是經驗之談。他認為想憑空創造詩，那只能寫出虛幻的東西；如果想從書本中得到靈感，那再好也是借來的。只有從生活中提煉出來的詩，才是真實的，才是自己的，即使題材醜惡些，技巧笨拙些，一樣值得珍惜。李白說：「陽春召我以煙景，大塊假我以文章。」《新詩韻味濃》書中就有許多這種生活上的題材，既是鄉土的，也是寫實的。詩人關心國家社會、醫療問題、民生

疾苦，周遭的人、事、物，及生活的點點滴滴。例如：

「盞盞華燈如繁星，得意的臉／少了幾條皺紋／當年眾聲如雷響起，而今／當了議員，主掌城鎮成名人　轉眼自身光環已不再／晚年生活無人聞問／叫人心酸，令人齒冷／世情啊！荒涼如浮塵」──〈下台的政客〉

「鄉情是城裏的一棵／百年老槐樹／也是城裏的一條／百年石板路　那棵老槐樹／綴滿故事和樂譜／那條石板路／迴盪著成串如詩的音符　那一聲聲的鄉音啊／凝聚著一生的思念和互助／見到城裏來的鄉親們／歡呼、握手、擁抱、愛撫……」──〈鄉情〉

「我是地球村民／世居沼澤池塘／不論有無知音／興來嘓嘓高唱　有人為了實驗／將我押在解剖臺上／開膛破肚，左看右看／完全無視我的悲傷　有人將工業廢水／污染我住的地方／戕害了我的子子孫孫／未來人類恐難再聆賞」──〈蛙鳴〉

「緩步徜徉，北海岸／浪花拍打堤防，朵朵歡唱／遊客駐足，流連忘返而西望孤帆遠影，遠影孤帆／蕩起東海上的波光／粼粼如矽砂，在水面上蕩漾　有一對老夫婦／坐在人行道旁／回憶往事滄桑　而我，一直眺望西北的遠方／將六十六年的思念／留在台灣，台灣也是故鄉」──〈北海岸思鄉〉

「全民重視安寧療護／讓病人度過有尊嚴的／人生旅途／

醫師要有同理心／若病人昏迷，應予拔管／減少不必要的痛苦　　適時放手，才是真愛／讓病人自然離去／減少無效醫療／病人有權自己可以簽署：／不施行心肺復甦術／放棄維生醫療同意書」──〈同意安寧療護〉

「發育遲緩的孩童／大頭水腦，面目舒張／顯得天真幼稚／幸好他的母親慈祥這個孩童，隨時都在／注視母親的動向／寸步不離；不亂跑，不欺妄／回答母親的話，卻得體高昂　　低能兒也能學會照顧自己／成天依在母親身旁／得到更多母愛的呵護／算是上蒼給了他的補償」──〈上蒼眷顧──給智能不足兒〉

「天母原是美軍駐在地／廣場是最佳展示場／週末人擠人逛貨攤／滿足物美價廉，欣賞超多樣　　美國學校，日本僑校／皆在馬路旁／美日國旗和我國旗並立／日日在樓頂隨風飄揚　　義大利麵，日本壽司／滬杭菜館，無處不飄香／飢餓的想望／兩分鐘就可進食堂」──〈天母廣場〉

「歲月流逝，塵土佈展心房／日子如梭穿行順暢／鳥兒愛盆花，在窗外歌唱／藍天白雲如游魚／庭院中桂冠飄出芳香　　今天握在手裏的，有／燦爛的陽光／早餐燕麥豆漿，供給熱量／大街上人來車往／我要過馬路，還是很緊張　　遠去的克難不再，經濟飛揚／近來的金融風暴，物價翻漲／我只安靜地過著儉約生活／散步寫詩，細數每一天消逝的／在夜晚夢中重現的好時光」──〈生活〉

「黃色小鴨在浪裏流淌／平安歲月／如江河浪靜／憂傷時

光／恰巧海上風險　　她本過得閒靜，可撫慰人心／卻因無預警的熱脹／炸成兩半，趴在海面／飽滿的幸福底下／無比空虛與不安寧　　傷口一經縫合，又微動起來／如昏迷的人恢復清醒／人生註定在風浪裏／擁有一剎那的美景／黃色小鴨頗似人生縮影」──〈人生縮影〉

「討債鬼緊跟著／夜以繼日／要從無處可逃的牢籠裏／抽空他的呼吸　　時間不憐憫這暗淡世界／暮色來襲／他心生恐懼而戰慄／只想沉沉睡去　　他不願孩子受苦／想用方法一起安息／假圍爐取暖／孩子的無知令人警惕　　這一金融殘酷陷阱／竟連日發生悲劇／他們死得如此輕易／把問題留給社會」──〈燒炭悲歌〉

　　隨手所舉這些作品，由於語言平淺，題材生活化，技巧也不故弄玄虛，而文筆生動感人，加上有意安排幾個韻腳，讀來琅琅上口，頗富韻味。余光中曾說：「人到中年，要不多閱世也不可能，閱世既多，那『世』就會出現在詩裏；至於怎麼出現，則視詩人藝術之高下了。……王國維的『世』說得窄些，便是現實；說得寬些，便是人生。」（〈穿過一叢珊瑚礁〉載《藍星詩刊》第十七期）詩人年近九十，耳聰目明，足跡遍布六十四國，閱世可真是豐豐富富。

五　詩的最高標準要富有韻味

　　韻味是含蓄優雅的風味，是一種富於內蘊、含蓄模糊的味道。其基本詞義，或指含蓄的意味，或謂情趣的風味。然而作為中國古代詩學的重要範疇，「韻味」可以說是以樂和詩、以味喻詩傳統的美學總結。韻本是與聽覺相關的樂之美學特性，引申到詩中之韻，體現的是「詩」與「歌」的密切關係；味本是與味覺相關的概念，經過修辭轉換、美學轉換後成為審美品評的重要範疇。久而久之，韻、味合二為一，主要是指審美對象繞樑三日，令人愉悅、回味無窮的審美效果。因此，其內蘊豐富，可以反覆咀嚼回味；其含蓄模糊，所以有糾纏不清的曖昧。

　　詩是含蓄的語言、濃縮的藝術。我國文藝的傳統，總的來說是從大處著眼的，用心靈的「整體」去體驗自然世界的「整體」，是一種人化的自然世界。而「豐富」和「模糊」本身就是人心體驗自然時的主要感受，這種感受被直接帶到了文藝中來，成為一種超越各種傳統文藝形式的共性，成為評判傳統藝術的一種最高標準。

　　徐世澤《新詩韻味濃》自序說：「今天我印行的這本詩集，是大詩人林煥彰在兩年前，要我另闢蹊徑，試寫『韻味詩』，表明自己的寫作風格而成的。」足見以「韻味」手法來寫作現代新詩，是詩人自我期許的最高標準。翻閱其詩集，再三的咀嚼，韻味真有如茶香，餘味不絕。韻味佳作，除前引諸

篇都具有這樣的共性外，再迻錄三首，供初學者觀摩借鑒。
如：

「七年前，我跌斷腿／手術後，藉著老嶺中的一棵樹／修
煉成一枝仙杖／幫助我走路　　她照護我右肩提高好直腰
／在公寓樓梯間，也盡力相助／上下計程車，更像一個盡
職的／侍從，先為我把車門打開穩住　　我已 85 了，過
馬路時／常會有人趨近攙扶／這都是因她身矮引人注目／
也像極了一位惹人憐憫的老婦」──〈矮小的手杖〉

「星、星、星星，在空中／悄悄爬行／向沉睡的我／灑下
希望的光點／夜飛逝得那麼安寧／熟睡的我常因悟句驚醒
　　我在陽明山下很平靜／與世無爭，淡度光陰／上天賦
予寫詩的樂趣／只在黎明觸動靈感，反覆誦吟／隨著詞宗
們的指點／步步邁向峰巔……」──〈夜與黎明〉

「一個模糊的印象／穿透落地玻璃窗／有冷風吹撞　　臉
像白雲　貧血蒼黃／額頭糾結　孤苦淒涼／豎起耳朵　諦
聽遠方　　遍地血腥　　人心惶惶／煩憂被砍的表情　令
人沮喪／像株枯樹怎能抵擋瘋狂　　度著每日同樣顏色的
歲月／折疊在生命年輪裏的哀傷／面壁冥思　裁詩送夕
陽」──〈孤寂和煩憂〉

六　寫詩要有目的

在古代，文人參政，投身社會改革，作品所提出的政見被採納的屢見不鮮。那些年代，「文學反映社會」真是起了不小作用。但古代這種好光景、盛況，在現代是絕對看不到的，大詩人渡也曾慨嘆：「寫詩有屁用？」（《新詩補給站》）的確，「文學於現代根本不能參與社會改革活動」；「企圖把筆當劍，似乎不可能。」所以文學究竟還能起什麼功用？詩人的使命和責任為何？思之不禁令人氣餒。

理論上，任何文學都有其功能，詩是文學中的精品，詩當然有其功能。唐朝詩人杜甫在當代也不被重視，其詩聖地位要到宋代才被高舉。因此，詩人不必如此懷憂喪志，心灰意冷。提筆寫詩時，心中仍要懷抱崇高目的。談詩的功能，子夏於詩序中已清楚明言：「正得失、厚人倫、美教化、移風俗。」換言之，詩人必須具有社會及時代使命，作品要有積極性和提升人類、引導人生的功能。杜甫之所以偉大即在於憂國憂民的襟懷，其詩時時關切社會問題、民生疾苦，具有極崇高的理念，所以能千載感人。

《新詩韻味濃》的作品絕不會蒼白夢幻、無病呻吟。更不會矯揉造作，為賦新詞強說愁。佳作除前引諸篇，讀者可以借鑒外，再迻錄數首，供初學者觀摩。例如：

「片片陰霾的『萬人坑』／露出一截截白骨／駭人聽聞的

『殺人』競賽聲　　這血腥的文字入木三分／而《貝拉日記》的五十二萬言／都可作為南京大屠殺的歷史見證／《貝拉日記》出鞘如一把正義之劍／擊出鏗鏘的回聲／讓新世紀的人睜大眼睛」──〈南京日軍暴行紀念館〉

「兩岸開放交流／遊子急著還鄉／聞訊親朋各地來／握手問短長　　相視兩鬢蒼蒼／表面歡笑，心頭淚汪汪／互訴離愁悲喜交加／難掩雙親亡　　遊子最愛故鄉人情味／飄零不忘，放眼看滄桑／笑談姪輩家和樂／但願中華民族興旺」──〈返鄉探親〉

「十月下旬，金風送爽／士林官邸展菊會場／五彩繽紛呈優雅姿態／讓秋景勝過春光／白紫紅黃巧扮裝／錚錚傲骨，競吐幽香　　盛開來節慶重陽／人花相映沐霞光／風搖倩影，飄逸英姿／滿身金甲盡是華章／自晉以來韻味長／文人雅士相得益彰」──〈秋菊〉

「有時安寧如江河浪靜／有時憂傷恰似海上風險／不論身處何境／我心一定要安寧　　歹徒雖來侵／歹運雖來臨／只要我放得下財物／可保平安而脫險　　我願照護弱勢族／讓他們看到人性的光明／只要他們上進／我心必安寧」──〈我心要安寧〉

「春節過了，回到真實的台灣／媒體誤判，令人嗟歎／把做壞事的惡人，當好人看／把違反原則的叛徒，當好漢／把堅守原則的君子，當傻瓜玩　　薪水不能調高，生兒育女／無力負擔／盜賊詐騙天天有，竟有人想／在牢裏吃閒

飯／食品常疑造假、摻毒／更令人飲食不安　　這社會變得衰弱病殘／生無生趣，死也不甘／一般人想要移居海外／生活比台灣更難」──〈感時傷心〉

「壯麗景觀好庭院／大廈建築富堂皇／設備齊全重休閒／更煥彩換裝／耆老展歡顏　　舒暢寢室五星級／廚房整潔供三餐／食材都是有機產／走廊牆壁裝扶手／輪椅可在院內遊玩　　詩書畫展連連辦／博奕衛生復健房／會客電視志工班／復有溫馨宗教講壇／翁嫗樂活不孤單」──〈夢中的敬老院〉

許清雲　國家文學博士
東吳大學中文系所教授兼主任、所長
2016 年 5 月 10 日

自序

　　一九九六年藍雲先生要辦一份新（現代）和舊（古典）並存的《乾坤詩刊》，周伯乃先生任社長，邀我任副社長。我掌握機會，每期都寫現代詩和古典詩發表。當時我寫的現代詩不成體統，編輯們就為我修飾，勉強刊出。接著由潘皓教授、麥穗先生推介加入「三月詩會」，漸漸地知道重視「營造意象」、「適切比喻」、「想像力豐富」和「詩的語言」了。古典詩方面，方子丹教授於二○○○年帶我融入「春人詩社」，追隨鄧璧、江沛兩位詞宗推敲詩藝。接著，二○○五年一月瀛社詩學會理事長林正三兄特別推薦我向詩學大師張夢機教授請益，張教授俯允為拙詩推敲刪改，並正式授課，學了五年半，印行《健遊詠懷》一冊。古典詩也寫得接近成熟了。二○○七年，國際知名詩人林煥彰兄接辦《乾坤詩刊》，對我的兩種詩很感興趣，時賜教益，曾有兩年為我開闢專欄「現代詩與古典詩對話」，引起現代詩人的閱覽。至今年止，我從事兩種詩體的寫作，已逾十八年。七年前，有《花開並蒂》出書的念頭，而今與邱燮友教授、許清雲教授等，連續出《並蒂詩花》、《並蒂詩風》、《並蒂詩情》、《並蒂詩香》、《並蒂詩林》等。

　　現代詩的知名詩人，所發表的鉅著，大多已有想像空間的語言美，古典旋律與現代節奏的融合美，已能選擇暗示性強的

象徵和比喻，並帶有抒情性，目前尚未找到一條大家認為可行的主要形式和規範，使初學者有所適從。現在的現代詩，是以美學透過那抽象的具象，著重意象、象徵、比喻、聯想、想像力，勾勒出一種動人心弦的意境和情調。雖然分行分節大體整齊，具有藝術性，大多詩人卻未重視音韻節奏，無法琅琅上口，令人難以記憶。只能說它有機會和宋詞、元曲一樣，先作好幾種固定的範式，再經過多人接受、喜愛，試寫，成為眾多詩人學習模仿的對象，才能定型，才能成為二十一世紀的新創詩體。

今天我印行的這本詩集，是大詩人林煥彰在兩年前，要我另闢蹊徑，試寫「韻味詩」，表明自己的寫作風格而成的。韻味詩形式上有來自宋詞的架構，但已脫離平仄聲及合韻的韁索，而押韻有點像京劇、越劇、崑曲的唱詞。在句型構造的形式上，韻味體詩暫分四式，簡稱「韻味體詩四分法」：（一）整齊式（類似七言絕句如〈想飛〉、〈瀑布〉和〈電鍋〉等。）（二）參差對稱式（類似詞的上下闋（節）如〈模特兒〉、〈白衣天使〉和〈空巢老伴〉等。）（三）複合式（①式＋②式，第一節與第二節字行不同的①式或②式如〈落櫻之後〉、〈蝴蝶〉和〈螺絲釘〉等）。（四）參差式（四行詩中無一對稱，或有兩行對稱如〈夜店途中〉和〈假日天母廣場〉等）。前三形式是新詩改進的目標。而參差式必須押順口韻。已改除散文式的詩句，加強句群的音韻節奏，便於推廣學習，更便於記憶。詩句是捕捉日常身邊極平常的事物和景象，以韻

味手法，表現了景物的特質及我的感受。捕捉物象的真善美具象，透過聯想與象徵，關懷人間萬象變化，而開啟形式與唐詩、宋詞、元曲接軌，承先啟後，藉以宏揚中華詩學。

　　因我是醫師身分，特以親眼所見、親身所察的醫療狀況所作的題材，將所領悟到的感觸，加以發揮而成詩。可惜不合乎韻味，只能說是敘事體，附編在本集內，喚醒一般人心靈的感受，讓讀者心中留下深刻的印象和改進醫療上的觀念。

　　總之，韻味配合簡短淺顯的文字，增強了記憶，也是一種新的嘗試。主要目的是推廣詩教，可供大、中生初學作詩參考。韻味有如茶香，餘味不絕，供人再三咀嚼。我在七年前，曾出版一本《健遊詠懷》古典詩，今特再出版一本《新詩韻味濃》，以表現我所建立的專屬的詩作風格，能否推廣傳世，有更多的大、中生及青年學樣寫作，而加以改進，分行分節更整齊美觀，讓讀者有更多的視覺和聽覺享受，我將無法親見。詩也是一種美學沉澱，提升人類的精神面貌，灌注了生命的熱情，經得起時間的考驗。拙詩如能僥倖成為新詩體，那是我百年以後的事了，留給中文系所教授、文學博士們再努力創新吧！

徐世澤　謹序

2016 年 5 月 10 日修正

｜目 次｜

左上圖：午夜的太陽。

右上圖：作者出席《文訊》重陽敬老餐會。

下半圖：余於 2000 年在希臘世界詩人大會上朗誦詩歌。

希臘雅典衛城上神廟兩千年石柱。

余夫婦在冰河上乘摩托車。

余與五國詩人餐敘。

御醫姜必寧教授在八六嵩壽慶典上吻夫人，詩意盎然。

北極看極光（加）。

南京日軍暴行紀念館。

模特兒

新裝一襲裹細腰
蓮步輕移臀股翹
掀動酥胸展娥眉
回眸淺笑，意在促銷

玉體透露薄衫中
扭動腰肢隨風搖
花容月貌飄香氣
路人驚艷，都說窈窕

想飛

一隻藍鵲想飛往陽明山
急欲振翅卻張不開翅膀
翅膀張開又不知往何飛
突然領悟樹林多的地方
由天母向北飛竟然發現
青山就是飛的正確方向

落櫻之後

陽明山上的櫻花
盛開似星爆怒放
用力漲紅的臉
射出朵朵春光

春雨下了含淚盈眶
轉眼匯成紅血流淌
無聲無息覆蓋大地
期待明春再來觀賞

失憶姑母

姑母記憶中斷
無法知道所想
她不記得昨日今日
連帶諸多痛苦也忘

若遇到姑母情緒低落
家人便帶她上街逛逛
用街景改善她的注意
安撫效果適當又舒暢

榕鬚

三千榕鬚下垂吻泥土
細數黎明遺留的露珠
輕拂曉風擁樹枝曼舞
過路的人常在此留駐

榕鬚懸滿金黃的老樹
構築一幅百壽圖
白鬍滿嘴的老吳
總將此樹齡向人傾訴

房仲對話

當天母圓環的黃昏
逐漸變成灰暗
兩個專業房仲
在街邊對話又興嘆

為什麼，
近年的生意都這樣清淡
簡單麼，
低薪首購族生活都艱難

北海岸風箏

春明媚三月，風箏節
北海岸石門舉行
憑借東風，離地仗線牽
魚蟲鳥類小熊，齊上青天

輕盈體態，飄飄欲仙
眾人抬頭仰觀樂陶然
舞姿惟靠風吹動
風力衰竭，紛紛墜落爛泥田

路燈

挺立在路邊牆角
孤獨高懸一盞燈
昂首保護夜行人
終宵發光到天明

不怕飛虫侵擾
無懼風吹雨淋
你依然目光四射
照耀人間不夜城

馬航成謎

馬航 MH370 飛向何處？
春天隱藏驚天陰謀
記者會一問三不知
支支吾吾，吞吞吐吐

親人失蹤，生死未卜
家屬心焦如焚無從訴
欲祭疑君在，又恐
親人已赴印度洋黃泉路？

註：馬航 MH370 於 2014 年 3 月 8 日，由吉隆坡飛往北京，在越
　　南上空失聯至今，在印度洋尚未找到黑盒子。

下台的政客

盞盞華燈如繁星，得意的臉
少了幾條皺紋
當年眾聲如雷響起，而今
當了議員，主掌城鎮，成了名人

但轉眼自身的光環，繁華不再
晚年生活無人聞問
叫人心酸，令人齒冷
世情啊！荒涼如浮塵

夜店途中

夜晚車流滾滾
恍若舞著一條火龍
遠觀群星熠熠
有人趕來交鋒

夜店門前燈光閃爍
鶯鶯燕燕一窠蜂
新貴風流想入門
竟遭狗仔窮跟蹤

震醒

屋內一片漆黑
門窗咯咯作響
熟睡中
床像遊艇搖晃

灰暗的夜空
透過淡淡的天光
彷彿置身世界末日
只見廣場人影幢幢

註：921大地震之夜。

股市悲歌

號子看板上
像大海波浪
無數浪花嘩嘩湧跳
在玩：你下我上，跌跌漲漲

退潮了！退潮了
滿海黑色暗浪
多少人心潮起伏
一生血汗在波濤中流光

冰野雪嶺

冰野白茫茫
雲端雪嶺
我踽踽而行
天空不見鳥影
雪花紛飛
阻我向前

這驚喜鏡頭
永烙在心中的版圖留影

空夢

滿天星斗
是銀河公路上的汽車長龍
太陽是橘子
地球是細砂、燈籠、帳篷

有人
滿懷征服太空的夢
連橘子都摘不到
那夢終將落空

臨時站

——加護病房往太平間

銀灰色管制門緊閉
前天由病房送進一位老轟
三天後，板車拉出來
似乎很輕鬆，獲得喘息

家屬緊跟著走了幾步
落淚兩三滴
回頭，舒一口氣
遠望太平間，燈亮又熄

雨滴

下雨，由高遠而接近
陽台上的棚架
水珠柔美輕盈
淌在葉面上亮晶晶

一股涼氣從窗外吹進
我腦袋頓覺清醒
遠眺青翠陽明山景
瞬間舒暢了我的心

新春遊北海岸

碧海闊　青山高
藍天萬里　白浪滔滔
紫花嬌艷　紅日照耀
黑犬沿堤走　綠車減速跑
黃色招牌吃薯條
全家同遊樂逍遙

自註：此詩仿照元人馬致遠所寫的「枯藤荒草孤鴉……。斷腸人
　　　在天涯」格式。我於 2016 年 2 月 9 日（農曆年初二）在北
　　　海岸親眼所見的實景，覺得勝過吃千元餐還快樂。

筷子清唱

兩個弟兄一樣長
同心相助伴舉觴
不彎不曲不折腰
酸甜苦辣為口忙

潔身無私任由人
不嫌貧富話炎涼
餐後喝點薄油水
再讓潔劑洗精光

視病猶親

——兼致醫院志工

台灣有熱心的志工
為需要幫助者指點迷津
他們具有專業知識
在安排就醫中倍感溫馨

對患者噓寒問暖
不求報酬和賞金
像春風拂過大地
如春雨滋潤人心

老翁心語

一株枯朽老樹
隨時會嘩然倒下

未來的生命
輕如剩餘殘渣

眼前所見
盡是花落夕陽斜

倦飛野鳥
如寒夜簑衣，孤坐於水涯

米壽知足

米壽有福
還喜歡塗鴉
看不開，放不下
別妄想發新芽、開新花

活到這把歲數
自當休閑在家
由兒孫陪伴外出
朝看白雲，暮送彩霞……

十字路口的交警

逢年過節，家家戶戶喜滿門
他家團圓少一人
堅守崗位揮汗又危險
自己兒女反覺苦悶

寒風凜冽　炎陽如焚
十字虎口忙揮棒，很費神
人人心中齊誇讚
肩負交通安全，奮不顧身

假日天母廣場

晴空萬里，萬里無雲
天母廣場如劇場
帥哥美女齊競秀
華洋親善，盡情歌唱

勁舞展現健美體魄
豎笛獨奏，雜技一場接一場
居民遊客齊駐足
妙齡心情更豪放

手錶

兄弟三人高中低，日日同行
時時刻刻不忘提醒守時人
分爭秒爭暗中忙
有節有奏報時辰

忠誠服務無休止
你的生活起居他會勤指正
貼心玉腕陪伴你
終日不離身

盆景

千嬌百態滿濃艷
紅黃藍綠紫又青
拔萃悄悄枝條勁
香草名花成美景

扭曲畸型勝風雅
不畏削盡球冠成禿頂
只要薰風勤飛吻
賞心悅目奇巧更新穎

塑膠花

花紅葉綠　色彩繽紛
朵朵似錦　以假亂真
撲鼻雖無香氣
光鮮悅目迎賓

葉茂枝繁　姿態新穎
卉艷花鮮　蜂蝶不棲身
滿室生輝　四時皆春
延年益壽　勝過聚寶盆

苦瓜

貌不揚　像麻娘
生來疙瘩一身瘤樣
立足只須三寸土
價錢公道銷市場

滿臉加圈，淡雅清涼
餐館列入菜單上
饕客喜愛，能祛腥解熱
更鮮更美，小魚入清湯

青蔥讚

青青簇簇，支支尖針
泥沙如煙不沾塵
色若青松香噴噴
炒蛋煎魚、雞麵相陪襯

裸體中空，翠姿麗質天生
鹹酸苦辣，飲食可均衡
一生甘心當配角
油餅、爆肉有名聲

香皂頌

志潔端正，一片香心
滌穢清汙，情意深深
不惜自身消瘦化成零
衛生人員說我最衛生

人們玉體我最愛
春光煥發爽精神
勤洗手，防病菌
卿愛我，我愛卿

瀑布

垂帘飛瀑映碧空
傾瀉洪流勢洶湧
懸崖峭壁如銀幕
水湍石濺霧千重

酷似新娘護面紗
裙拖潔白欠花童
激浪盡濕遊人眾
頃刻頓覺雨濛濛

春雷

欲待東風相伴行
烏雲堆集飄滿天
閃閃電光，劃破長空發巨聲
劈開夜幕，令人喜又驚

似箭大雨狂洒大地
生機蓬勃萬物齊歡欣
花紅草綠遍地新鮮
眾鳥飛躍吐清音

雄雞頌

頭戴高冠紅紅紅
司晨勝過自鳴鐘
黎明昂首一長啼
海底朝陽躍上東

一雙圓眼明如鏡
威武英姿勝豪雄
呼群覓食養子孫
犧牲奉獻主人翁

蚊子咒

斗膽毒心嘴尖尖
叮人吸血小妖精
高樓可隨電梯上
夜黑伺機好稱心

吸取鮮血腹便便
歡呼聚眾嗡嗡鳴
夜逍遙，晝息牆
被叮者將它行刑

病中憶往

我因眼疾，倦臥在病中
病房寧靜悄無聲息
詩集讀罷便訪周公

回想七年前股骨頸骨折
遠道親朋勞玉趾
滿室鮮花香味濃

而今，眼花看不清
耳裏常嗡嗡
故舊年邁，黑影無蹤

芭蕉

張張闊葉綠滿園
四面招風搖響
太陽普照，青翠倩裝

胸中香氣從不外洩
到了株老、皮枯黃
剖腹相親，微酸微甜又香

吃它，有利通便
醫師說：鉀多，不利腎臟
只好切段與家人分享

哀春筍

驚雷春雨，新芽破土生
自脫蔴衣續長了
骨正根深，春風助長嫩香苞

可惜農夫售春筍，價錢高
不讓它挺勁參枝披个葉
不能虛心向上躍九霄

忍剪凌雲參天
竹子痛失前身
商隱責怪貪食的老饕

生薑

孔子常吃嫩薑片
益壽延年
他活了七十三，是長命

有人欣賞薑老的辣
眾口難調，多數人並未嫌
味辣有益心田

有人把它當藥品
喝薑茶預防感冒
作美味羹湯，用以袪腥

籠中鳥心中語

我正低飛覓食
頑童捕捉我設網
我在籠中啼啼叫
黃粱清水，索居愁悵

窩裏稚子哀哀叫
如何填飽胃腸
撲撲翅膀也難伸
啼血悲鳴，供人玩賞
我啊！我啊！何時能自由飛翔

推輪椅的菲傭

斜陽散步，在醫院長廊
一雙黝黑而溫順的手
推著輪椅緩緩徜徉

老人乾癟的嘴問短問長
她豎起耳朵，貼近那張嘴傾聽
他黃昏的憂傷

晚秋的風
吹亂夕陽的影子
她想起了椰樹下的爹娘

她的眼睛

她的眼睛像冬天的太陽
帶點微笑望著我
我冷冷的心靈瞬間溫暖舒暢

她的明眸閃亮著光芒
傳情的眉目瞧著我
樂得我心花怒放

她的眼睛呈現獅吼模樣
炯炯地盯著我
嚇得我渾身發燙

曇花

含苞待放的嬌客，昨夜來訪
驚見她的麗質剎那間
綻放出一朵流香，潔白如霜

夜裏，在燈光照耀下的陽台上
目睹她展現生命的精華
勝過秋夜皎潔的月光

今晨，我推窗觀望、
未留下一點昨夜驚艷的痕跡
她的表現依舊平常

曲終人未散

窗外，一片昏暗
窗內，一盞慘淡燈光

一個病人身上到處插管
夜深，家屬在優雅的愁容上
個個熱淚盈眶

病人只有依賴機器呼吸
醫師正待宣佈死亡
家屬默然祈禱

夜色，凝靜蒼茫

捷運

一條風馳電閃的彩龍
驚喜了我們的心
推送著我們跨入錦囊
密密集集
擁擠著　　流動搖晃

你從新店游到淡水
由烏來山中傳來的聲浪
四十分鐘後
美妙的奇蹟在東海上播唱

樹，逃過一劫

面對斧頭與鋼鋸
樹隨風沙沙作響，抗拒
上天憐憫為它下一場大雨

眾鳥高飛
樹淋著雨
狂風驟雨朝工人身上吹

他全身是水
怕淋雨感冒
只好收拾斧頭與鋼鋸……

相簿

越久越發黃，成一堆廢紙
雖說青春藏在此
只是回憶老人的往事
那好景值得留念
不忍丟棄

這本個人史料
不管站或坐，幾乘幾
再也走不出這裏
總之，它要和我在一起

南京日軍暴行紀念館

片片陰霾的「萬人坑」
露出一截截白骨
駭人聽聞的「殺人」競賽聲

這血腥的文字入木三分
而《拉貝日記》的五十二萬言
都可作為南京大屠殺的歷史見證

《拉貝日記》出鞘如一把正義之劍
擊出鏗鏘的回聲
讓新世紀的人睜大眼睛

註：約翰‧拉貝，1937 年是德國西門子洋行駐中國總代表。日軍
　　在南京大屠殺時，他任南京國際安全區委員會主席，留有五
　　十二萬餘言，揭露了日軍的血腥暴行。

白衣天使

滿臉溫柔相
輕盈天使裝
玉人含笑來復往
儀態端莊
親切勝冬陽

輕聲微笑說
殷勤問暖涼
上班總為病人忙
心腸慈善
贏得美名揚

兩千年石柱

穿越希臘羅馬時代
狼煙烽火甚巨
默默屹立
流著歲月的淚水

傷痕覆著傷痕
淚跡蓋著淚跡
兩千年石柱
迎接時代風雨
撥開歷史雲煙
巍然不墜

後記：希臘雅典衛城山上的神殿、土耳其戴丁瑪神殿，殿前均只
　　　留了幾根石柱，而列為世界級古蹟。

又相遇

上周日，我遇見你
在翠綠林間
如情人若有所思
傾聽琴師唧唧吱吱

呼我同享，滿心歡喜
今天，我又見你
在寂靜山徑中
似逃家小弟
看你那麼垂頭喪氣
讓我覺得你似被遺棄

回家

北榮高樓在北投天空發光
我家就住在這地方
由台北站搭上飛快捷運
石牌站兩旁飄菜香
喝幾口熱湯，溫暖心房

接駁車帶我到北榮
讀了一首詩送夕陽
下車後，在返家路上
太太的呼喚聲
總在晚風中迴盪

大自然的琴師

夏秋之交上陽明山
深谷小徑覓幽情
遍覽群峰，處處觀丰采
茂密森林心眼開
徜徉大自然，親近原生態

慢步輕移如情郎窺視
獲得紡織娘琴師的青睞
傾聽唧唧杼機聲
夏蟬有約頻伴奏
一起大合唱，共享天籟

返鄉探親

兩岸開放交流
遊子急著還鄉
聞訊親朋各地來
握手問短長

相視兩鬢蒼蒼
表面歡笑，心頭淚汪汪
互訴離愁悲喜交加
難掩雙親亡

遊子最愛故鄉人情味
飄零不忘，放眼看滄桑
笑談姪輩家和樂
但願中華民族興旺

可愛的銀杏

秋末，餿油搞得焦頭爛額
內心折磨似患了憂鬱
我的樂觀心境，不必靠藥物
家人願陪伴我去南投
看秋天的景色

首站，杉林溪楓葉紅
同時看到銀杏金黃色澤
小巧精緻的葉子，優雅迷人
在秋日微光映照下
喜同松柏閃耀著高規格

到了春天，清香陣陣
宛如璣珠的白果可食

葡萄

兩千八百多年前
希臘人的飲食有葡萄，算平常
春暖爬上架，愛水好梳妝
翠蔓懸攀勝夏秋，味很香
所含鐵質有利疾病預防
葡萄生果、乾和汁都好嘗

大小均勻硬實，飽滿有果霜
紫、紅、青、黑，色澤均正常
槳汁甘酸，如瑪瑙玲瓏剔透
粒粒珍珠蘊蜜糖
新鮮一旦成佳釀
滿座宴客樂品嘗

秋菊

十月下旬，金風送爽
士林官邸展菊會場
五彩繽紛呈優雅姿態
讓秋景勝過春光
白紫紅黃巧扮裝
錚錚傲骨，競吐幽香

盛開時節慶重陽
人花相映沐霞光
風搖倩影，飄逸英姿
滿身金甲盡是華章
自晉以來韻味長
文人雅士相得益彰

爺爺失禁

老友宗主任多日不見
聽說因道德——怯懦
卻讓人感到悲憫
「奶奶，爺爺尿在褲子上面」
他頭髮花白，精神恍若發呆
穿尿濕的褲子坐在床邊

他怕人聞到尿臊味
而有社會孤立的窘境
他眼睜睜看著濕答答的地面
媳婦常常為此愁眉苦臉
老人的尿失禁，要查出原因
治療，生活品質即可改善

傘

迎暴雨，頂炎陽
能屈能伸質地堅
日晒雨淋誠辛苦
數根鐵骨自撐天
黃橙赤綠紫藍青
薄翼濃裝亦怡然

常伴玉人觀盛景
環遊世界獻真情
到了北歐人嫌我
那裏陽光最友善
台灣女客用錯地方
害得我比手杖還賤

註：北歐六月，盛行日光浴，台灣女客竟然打洋傘遮日，芬蘭地
　　陪當即糾正。女客只好改作手杖用。我1997年即時作此詩。

冷藏取食未加熱

自認胃腸很好
殘羹照食不棄掉
南門市場購魚歸
將之冷藏遂忘了佳餚

五日後取食未加熱
連夜腹脹痛如絞
服藥三天才見效
嘔出腥臭穢水一大瓢

大腸恢復蠕動
翌晨便通，心情覺輕巧
從此重視健康飲食
餐餐清淡八分飽

初吻

妳的明眸，閃爍光芒
帶著浪漫的波光，向我瞻望
使我冷靜的心房
掀起夢幻的緊張

妳身上散發的清香
猶如巧克力的甜味
尤其嬌喉有悅耳音節迴盪
以及紅唇皓齒，令人抓狂

當彼此戀慕，一觸即發
讓我感受通體舒暢
可離開時，總依依不捨
只有親吻的瞬間，才地久情長

身老台灣

當年千里來逃難
孤苦飢寒
幸能順利求學
就業行醫，生活粗安

成家後闖過購屋關
官階按時攀
退休月俸夠食糊口
閒來還能把詩玩

兩岸三通時
髮已斑，慶幸返鄉看
此生飄泊也坦然
心在江蘇，身老台灣

鄉情

鄉情是城裏一棵
百年老槐樹
也是城裏的一條
百年石板路

那棵老槐樹
綴滿故事和樂譜
那條石板路
迴盪著成串如詩的音符

那一聲聲的鄉音啊
凝聚著一生的思念和互助
見到城裏來的鄉親們
歡呼、握手、擁抱、愛撫……

矮小的手杖

七年前，我跌斷腿
手術後，藉著老嶺中的一棵樹
修練成一枝仙仗
幫助我走路

她照護我右肩提高好直腰
在公寓樓梯間，也盡力相助
上下計程車，更像一個盡職的
侍從，先為我把車門打開穩住

我已 85 了，過馬路時
常會有人趨近攙扶
這都是因她身矮引人注目
也像極了一位惹人憐憫的老婦

電鍋

大同電鍋進廚房
省去火爐少繁忙
拋除瓦斯柴炭味
洗米下鍋置中央
接電無須定時刻
還可保溫免焦黃

半世紀前即面世
如今改用現時裝
多種功能煮飯粥
上層蒸菜又煲湯
功效超過賢主婦
幾分鐘後飯菜香

花果山發射的光芒

——寫給花果山詩詞

臥在陽明山下
思緒徘徊在連雲港邊
想像你卓然挺拔的容顏
出現在你贈的書前

向西北遠眺天際
尋覓你芳香撲鼻的足印
大哉中華詩國
到處有你的倩影

任海峽和黃海阻隔
不能束縛你卓越的貢獻
蘇北花果山發射的光芒
溫暖多少海州同胞的心

新歲

寒冬辛苦醞釀
抽芽吐蕊
孕育春天甦醒的歡唱
活眉活眼，流露出人們的希望

清新嫩枝綠葉閃亮
101 巨型仙棒的煙火秀
三分鐘璀璨炫麗的八種光芒
將熱鬧與幸福寫在臉上

越來越覺得
年輕時的熱情與狂放
很難從頭溫起
真正相親相知的是兒的娘

無法投遞

——他已猝死

字跡清晰，滿紙鏗鏘
人生大道理
看不出他有任何病象

蔣兄寄來長篇大論
他像一位革命軍人
為詩革新聞發奇想
要和我切磋
我想在電話裏弄清楚
他人已遷居天堂

天堂，沒有電話沒有地址
也沒伊媚兒（E-Mail）
我的意見無法傳達天堂

蛙鳴

我是地球村民
世居沼澤池塘
不論有無知音
興來嘓嘓高唱

有人為了實驗
押我解剖臺上
開膛破肚左看右看
完全無視我的悲傷

有人將工業廢水
污染我住的地方
戕害了我的子子孫孫
未來人類恐難再聆賞

初夏

小草沐浴著火熱，一陣勁長
把草原舖成海樣的蒼茫
樹木披著斗蓬，縱情舞蹈
把綠色傘蓋展向八方
百花在陽光下，爭奇鬥艷
大地放射最絢爛的波光

清風能偃草，也愛催花朵綻放
雲在天空像山排列
朵朵輕移，映著海水流淌
一簍雨珠使黃梅早熟
溪邊樹木，吐露芬芳
怡然不負初夏午後陰涼

風聲

在花朵上輕吹低吟
在枝頭詠誦蕩漾
落葉在涼亭外散了又聚
似在山谷輕唱

有時狂暴吹起浪痕
呼嘯掠過門窗
發出咯咯的聲響
令人慌張哀傷

在戰時可不能出聲
一點點風吹草響
隱約傳遞草木皆兵
喪膽流亡

夜與黎明

星、星、星星，在空中
悄悄爬行
向沉睡的我
灑下希望的光點
夜飛逝得那麼安寧
熟睡的我常因悟句驚醒

我在陽明山下很平靜
與世無爭，淡度光陰
上天賦予寫詩的樂趣，
只在黎明觸動靈感，反覆誦吟
隨著詞宗們的指點
步步邁向峰巔

北海岸思鄉

緩步徜徉，北海岸
浪花拍打堤防，朵朵歡唱
遊客駐足，流連忘返而西望

孤帆遠影，遠影孤帆
蕩起東海上的波光
粼粼如矽砂，在水面上蕩漾

有一對老夫婦
坐在人行道旁
回憶往事滄桑

而我，一直眺望西北的遠方
將六十六年的思念
留在台灣，台灣也是故鄉

同意安寧療護

全民重視安寧療護
讓病人度過有尊嚴的
人生旅途
醫師要有同理心
若病人昏迷，應予拔管
減少不必要的痛苦

適時放手，才是真愛
讓病人自然離去
減少無效醫療
病人有權自己可以簽署：
不施行心肺復甦術
放棄維生醫療同意書

上蒼眷顧

——給智能不足兒

發育遲緩的孩童
大頭水腦，面目舒張
顯得天真幼稚
幸好他的母親慈祥

這個孩童，隨時都在
注視母親的動向
寸步不離；不亂跑，不欺妄
回答母親的話，卻得體高昂

低能兒也能學會照顧自己
成天依在母親身旁
得到更多母愛的呵護
算是上蒼給了他的補償

盛女怨

回家沒有家人
有鑰匙才可進門
居家安靜得像教堂
家具擺設似新婚
間有小狗聲
跟著她獻殷勤

高雅純樸、麗質天生
走上街頭會吸睛
間有男士擦身而過
總無緣贏得芳心
而今，孤獨深鎖在閨房
不知白馬王子在何村？

千里姻緣

小玲真美，極優秀
而立不惑，芳心寂寞
春天來時，雷勾動地火
迅速墜入愛河……

電腦姻緣無限牽
遠距戀愛，情詩吟哦
男方相思求見面
747 送來一位北方大帥哥

卿卿我我
在陽明山櫻花見證下
他們決定偕老合歡
婚禮上的她，連續喊兩聲：
"Yes, I do, I do."

天母廣場

天母原是美軍駐在地
廣場是最佳展示場
週末人擠人逛貨攤
滿足物美價廉，欣賞超多樣

美國學校，日本僑校
皆在馬路旁
美日國旗和我國旗並立
日日在樓頂隨風飄揚

義大利麵，日本壽司
滬杭菜館，無處不飄香
飢餓的想望
兩分鐘就可進食堂

友情可長可久

在頻繁移動的日子裏
有了孤獨美好的旅程
卻遇到一個帥哥
同遊幾天，他倆都天真

以為一切都是這樣美好
幻想艷遇的都會成婚
一見鍾情最新鮮
不會有分手的事發生

哪知，愛情是短暫
單戀的簡訊常無回音
真誠友情才能可久可長
只要談得來，何妨由淺入深

我心要安寧

有時安寧如江河浪靜
有時憂傷恰似海上風險
不論身處何境
我心一定要安寧

歹徒雖來侵
歹運雖來臨
只要我放得下財物
可保平安而脫險

我願照護弱勢族
讓他們看到人性的光明
只要他們上進
我心必安寧

孤寂和煩憂

一個模糊的印象
穿透落地玻璃窗
有冷風吹撞

臉像白雲　　貧血蒼黃
額頭糾結　　孤苦淒涼
豎起耳朵　　諦聽遠方

遍地血腥　　人心惶惶
煩憂被砍的表情　　令人沮喪
像株枯樹怎能抵擋瘋狂

度著每日同樣顏色的歲月
折疊在生命年輪裏的哀傷
面壁冥思　　裁詩送夕陽

謁光舜亭

對蔣公的健康貢獻不凡
延壽四年，使台灣平安
不料他自己只活五十幾歲
喪禮理應超過一般
榮總在陽明山建光舜亭
讓雲霧在他胸中穿梭無遮攔

西邊景觀是著名軍艦岩
秋風悠然穿過又轉還
四十餘年林木森森陰氣重
碑文斑剝，青苔滿佈不易看
子孫在美難得返台
我謁光舜亭，不禁為他興嘆

註：盧光舜醫師，一代名醫。1970 年在美邀請心臟科名醫來臺，
　　為蔣公診治，延壽四年，使台灣政局安定，影響深遠。

台灣荔枝

她原生在嶺南
現在台灣也在種
五月間含露紅綃
隱隱蟬聲萬綠叢

外表碩大
全為呵護玉玲瓏
晶丸碧綠
較咬一口多汁涼透心胸

想起貴妃用宮騎運送
今天，喜慶壽筵
清甜美味　齒頰留香
樂樂融融

美食家驟逝

美食家讓人看見
生活富裕美好
溫婉情誼，撫慰心胃
但對自己福壽難預料
沒有依戀病榻，也無骨立形銷

韓良露、王宣一
美食品嘗表現足自豪
碰上春寒料峭
她們驟然忘記呼吸和心跳
來不及訣別，親人怎麼受得了

燒餅油條

在車來車往的小巷
在人擠人的公車上
在馬路邊的小吃店走廊
許多人捧著燒餅油條
正像享受玉液瓊漿

你們為何如此受到青睞
你們為何如此名聲響亮
外食族從小養成
早餐爭購品嘗
都因為你們芝麻油條噴香

陽明山湖田小學

古木參天蔥蔥蘢蘢
農家隱居樹林中
古道蜿蜒陽金通
小油坑冒煙景點
中外遊客的倩影匆匆

遙望屋頂國旗飄動
湖田小學在山中
喜聞學童讀書聲
風光秀麗上頂峰
春天樂見滿山櫻花紅

楓紅

蒼枝翠葉　樹樹蔥蘢
秋來只作婆娑舞
收拾青衫　身著紫紅
十月霜降作染工
樹叢遠看似火光熊熊

紅葉從枝頭飄落滿地
飄零四散　被風吹動
下雨了，把它混入泥土中
待至明春，享受暖陽輕風
躍上枝頭　重展歡容

月琴

台客破寂彈月琴
造型像月撥新音
兩指靈活動兩弦
聲悠悠　樂悠悠
妮妮清音出指尖

新春歡聚貴賓廳
一曲「思想起」
音律繞梁不停
幾位詩人亦動情
貴婦倚門側耳聽宏音

電視機

方框有限，佳境無窮
景物有聲有色，超越時空
斗室可知今古奇事
世上風雲變幻行蹤
皆成縮影，在其中

好人接受表揚
壞人法律不容
賢能才藝之士，各顯神通
依自己所喜歡的節目
集視聽之娛，樂樂融融

春雨頌

海洋氣體，空中徜徉
化作烏雲，滿天飄揚
轟轟雷聲，閃閃電光
禾苗潤澤，草木滋長
高樓一夜，賽飲瓊漿

年年欣然隨節令
石門水庫水位漲
大地錦繡紅綠紫
洗竹潤花滿庭芳
雨令人神清氣爽

枕邊彈

彩線金絲繡花枕
枕面手工清秀
熠熠花容色溫柔
榮華繾綣，貪宿芳衾
兩情相悅，高枕無憂

一朝夫君海外領重酬
夢裏相從結伴遊
珠淚暗彈情不已
明月高照，苦思何日休
繡枕空邊愁更愁

說鏡子

似玉如冰鍍銀汞
眼前萬物在其中
朝朝相見理儀容
欲展春心真善美
花容月貌坦心胸

甘為淑女畫淡眉
微笑對臉傳緋紅
壯士早看頭似雪
不願成為白頭翁
染髮復見樂融融

不樂活的老人

不樂活的長老
愛挑剔，雞蛋裏要把骨頭找
看不順眼的事，抱怨沒人道
自憐自哀，總認為
別人對他不夠好！

他閒得無聊
愛找碴，讓別人煩惱
男性在家常對老婆嘮叨
女性卻對媳婦、女兒咆哮
逢人便說：子女不孝

螢火蟲

腐草池塘好寄生
深沉夏夜放光明
翅柔體小一身輕
點點微光，明明滅滅
在黑暗中指行程

飛旋光環，蕩漾晶瑩
曠野熠熠放光似霓虹燈
荒郊頻傳矮近音
它願囚囊裏陪車彥
古時曾照讀書人

母雞怨

母雞溫馴，勤勉迎春
晨出郊遊忙覓蟲
日午理羽毛、撲塵沙
產卵咕嗒咕嗒誇母功

一窩二十蛋，匍匐蓬鬆
二十天輸溫，廢寢忘食
一朝破殼成形遍體絨

領小雞，覓幼蟲
摟摟抱抱避雨遮風
全身營養不用疑
雞湯經常席上逢

家居

無邊歲月無言語
家居守成年復年
心寬體健，知足有定
子女成家築新巢
兩老相對相惜
做家事，求平靜

飲食清淡淡也香
省吃儉用，善理養老金
老友電話常聯繫
談談修身養養性
個人喜歡吟詩篇
餓時吃，倦時眠

空巢老人

夕陽高照西窗
黑犬門口徜徉
電視新聞充滿詐騙搶
好人難得受表揚
舉目無親空觀望
兩老並坐階前，日日空想

西園林中鳥鳴叫
南街美童放學閒逛
更把心弦撥回自家
養兒育女半生空忙
一朝東奔西走後
兩老生病，無人照料於身旁

兒在美的父母心

兒在美　增煩惱
不來電話　兩老就心焦
悵然若失睡眠少
唉聲嘆氣　長夜真難熬

兒在美　忽病倒
兩老聞說　內心如刀絞
要想趕去辦不到
急得好像　熱鍋螞蟻跳

思念兒　心煩躁
一老生病　另老更心焦
請人照護不易找
想來想去　讓兒回國好

友情的呼喚

老友中風，躺在病床上
夢想在乘太空火箭
嚇得血壓飆升一百八十
醫護人員火速救命

他們大汗淋漓
施展神功，讓他神智恢復清醒
頓時覺得可怕之事已消失
右手向上一晃，示意高興

我撫摸他微涼的手心
輕聲慰問，他聽出我的聲音
感受友情呼喚
病情逐漸好轉，可望復健

失憶好友

老友失憶寡言
對五月詩社開會事
忘得一乾二淨
既不發邀請函
反要詩友邀請

他主持新作朗讀
自己卻未寫詩篇
對詩友詩作不點評
也叫不出同仁尊姓大名

幾年來，最活躍的名教授
喜歡早到，和詩友聊天
而今，竟不發一言
失憶症狀極明顯

註：2015 年元月 10 日中午記事

天母公園

天母原是美軍駐地
在陽明山下，鄰近磺溪
居民樂享新鮮空氣
公園築在磺溪堤

千載蒼松出雲岫
美美佳景情繫柳絲
百花齊放競艷麗
信步溪堤聽鳥啼

兒童嬉戲齊聚遊樂場
中學生在練習球藝
舉目北望陽明山
七星山峰直通瑤池

蝴蝶

斑爛壯麗七彩衣
件件嬌嬈頻弄翅
逗香逐色傳花粉
翩翩花間舞新姿

舞罷花叢添異彩
粉翼輕飄有所依
蝶戀花、花戀蝶
瀟洒翻翅如遊戲

紛紛粉蝶，點點羅衣
魂斷莊周夢情迷
電影越劇演梁祝
雙蝶升空，情意綿綿

萬年青

甘居陋室，長踞東牆邊
只求綠意滿枝
盆中得水能活根
自行長高含笑意
隔帘鳳尾隨風微動
垂枝頂頭，若有所思

不學曇花嬌俏一時
不隨楊柳舞弄輕姿
不若群芳艷麗
崢嶸歲月著青衣
萬年青，如意青青
主人歡喜滿室有生機

杜鵑花

逢春怒放發萬叢
風光旖旎映山紅
野嶺荒丘紅欲滴
燦爛枝頭傲蒼穹

初夏艷蕾大若盅
卻有清香引蝶蜂
風來可看霓裳舞
暗霧凝結珠爭寵

遷至庭院傍圍牆
幽香奇特賴和風
夜月增輝淨俗塵
我憐子規泣血紅

小草心聲

根深土深，攀岩鑽石
生機蓬勃，春風吹又生
濃濃郁郁，綠茵蔥蘢
茵茵之後，野火焚燒無痕

雨露滋潤小草花
珍珠閃亮如情人眼睛
慕光花蛾翩翩
仰首春陽，展現艷麗在生存

春風織錦，美化綠地
如詩如畫宜踏青
享受天然日光浴
故園依依有溫情

含羞草

夏季秋季，疏枝落腳遍山丘
也喜牆角嬉微風
纖枝裊裊，性情溫柔
如鄰家掩面少婦
衣冠楚楚醉漢想輕侮
一觸便縮頭

酷似十九世紀未婚少女
明知未婚郎君約她出遊
她仍躲躲藏藏很害羞
又想暗地回眸笑
人間狼爪處處鹹豬手
該含羞、含羞

落葉

春天發新芽，秀綠養心養眼
夏天光合壯枝成綠浪
滿山遍野，碧空築蔭涼
秋來滿街葉漸黃

飄飄洒洒，悠悠蕩蕩
繽紛彩蝶徜徉棲息在樹旁
凝灰塵，化新泥
春來萬木復甦更綿長

想我遠離鹽城徐秤莊
由南京的長江，吹來太平洋
葉落歸根不敢忘古訓
七十年在海外，常夜夢還鄉

四代同堂

祖母久居農村
一耳重聽　右目不明
關節退化行動不便
內心與記性卻依然精靈

她有孫女常陪伴，言行互動
愉悅輕鬆又溫馨
連臉上皺紋都有笑意
常亨黃梅調，樂在心田

孫女看她見著小孩就開心
常帶女兒來和祖母敲琴
四代同堂齊歌唱
老太活得更起勁，有尊嚴

港邊的記憶

滾滾浪濤日夜親吻南方澳漁港
片片漁舟都從海上來
像數百軍艦激起水花
滿處帆影紅夕陽
更添討海人兒急思歸

家人在港邊一寸寸踮高腳尖
伸長了脖子等待迎接老爹
幫忙收拾漁具
搬運滿載的儲魚袋
我翻動流逝的歲月
回憶漁家樂和諧

碧潭速記

山嶺一片碧綠蔥蘢
吊索橋狀如臥波長龍
風物美景似唐寅畫
詩情如杜甫公
夜間頻頻潑洒星光
彩繪一條條長虹

茶亭雅築直崖上
斜陽映照野花紅更紅
情人搖櫓，篷船橋下過
心弦隨綠波撥動
詩人常來此聚會
觀景吟誦　樂在其中

熊貓

牠天生就愛黑白二色
選擇四季都有的竹葉
皮毛從不顫動
眼神不閃爍迷離
沒有時間　沒有速度
慵懶輕移

牠寧靜抵禦風寒
雨淋雪劈無寒意
從不舉頭發一語喵聲
不辣不撒野，也從不生氣
牠本來活在高山裏
與人無太多連繫

難忘北極光

二〇〇一年冬
在加拿大育空地區白馬市觀光
午夜，大地全黑
抬頭一看，繁星點點
哇！北極光像絲綢一樣
淡灰一條寬帶
彷彿風吹，在飄盪

突然，由淡灰濃為綠色
變成兩種游龍彩帶
再變鮮麗的紅，極明亮
接著鑲邊黃色和紫色框框
全景壯麗，賽過詩和畫
我享受過那段美好時光
終身難忘

詩人永不退休

詩人沒有退休
直到心中無詩，才是真老
詩人持續進修寫作
樂當詩社志工兼幕僚

老中青詩友常互動
彼此切磋推敲
活絡神經，連接大腦
會長出新細胞

退休後學詩品詩
自訂延年益壽的目標
而今，米壽仍未停筆
在詩壇人稱長老

震災善後

以無盡的大愛
穩定遭地裂災民的情緒
扶他們走過椎心之痛
助他們搭建避風雨的屋宇

地牛翻身震垮了合家歡
許多家庭斷電缺水
孤寡老殘，未來茫茫然
快速協助他們樂活安居

讓他們堅強的站起來
不再只給他們魚
要幫他們找到釣竿
他們自己會懂得好好釣魚

樂活常寫詩

二○一六，欣逢八十八歲
託天之福，持續上進自豪
老本充裕，樂與友朋交遊
生活悠哉，老伴悉心照料

開朗性格　樂觀逍遙
愛和家人親朋閒聊
走路一定低頭看地面
以防意外不慎跌倒

玩詩二十載興致更高
合乎求知與嗜好
頭腦靈活多運用
常寫詩，防痴樂逍遙

詩願景

我將詩學研究作願景
寫了不少新詩與古典
推敲修改用拗救
滿意只有一點點
律詩對仗，哲理思維
還要多多錘鍊

我出詩集，權充半成品
醜婦總得與公婆相見
祈願教授高人給指點
將我韻味實驗詩推上檯面
宏揚詩教大進展
讓唐詩盛世在人間重現

春人詩社吟宴

寧福樓上吟宴開

詩人墨客一起來

盡興展示字和畫

樂吟詩詞也開懷

聚會能忘煩心事

延年益壽生活更精彩

詩會廣交老中青

切磋談詩促和諧

夕陽燦爛無限好

光陰易逝莫悲哀

九十多歲好幾位

九十九歲章老走路來

讀書樂

讀書，吸取新知
腹滿詩書心生富，不患窮
朝朝暮暮，手不釋卷
古今萬事俱留心中

讀書，親近智慧師
自創專業得用功
行事規劃知成敗
廣識才高，聲望日日隆

讀古書，如遇多年
老友，久別重逢
天光雲影，相視開懷
自能融會貫通

詩話宋教授

暮年結伴年年渡重洋
參加世界詩人大會也趕場
情同手足，比翼齊翱翔
夜晚同室傾笑語，話家常

在台相處十六載
見面經常在會場
咖啡一杯暢開懷
談詩推敲，心胸坦蕩

驚聞噩耗已多時
心惶意亂視茫茫
夢裏依稀時隱時現
雖隔陰陽，仍覺詩話長

陽明老人公寓

陽明老人公寓，景色最怡人
花卉試驗所常綠蔭花展
鳥語喜伴花香
中庭透天，空氣新鮮
樓層藝術燈飾如畫苑
溫馨生活良好氣氛

藝文活動多功能
內涵養性健身心
醫護人員輕聲細語，時相問
飯菜順心可口，營養重均衡
鄰近榮總、振興兩醫院
黃金時段可救命

螺絲釘

位置雖微，站穩立場
專業深鑽，意志堅強
平凡崗位作非凡企業
相親互愛，合作擴張

鐵軌延伸，憑我結合
車輪旋轉，仗我良方
奉獻無私，埋頭苦幹
接受調配，共創輝煌

公務員甘當螺絲精神
無論機器振動多激盪
我從來不鬆懈不乏力
堅守崗位，心緒正常

水

細水巨流奔大海
日晒升空變雲層
雲蒸氣化凝甘霖
循環往復救世人

碧水悠悠　激濁揚清
胸懷坦蕩　剔透晶瑩
自有耐心常向下
不圖高立只求平

常將潤物融春意
苗因充足長滿農田
人類飲用求生存
有賴於源源勤供應

雲雨苦思

地上的水，來自天上
水氣升騰，凝聚成烏雲
飄洒著雨滴落到地上
禾苗茁壯，滿穀滿倉

水有可愛清澈的本質
在平靜的湖面上
日月星辰喜樂常在搖晃
這裏就有生命和愛
風是掀起水波的情郎

一點一滴，當思來處不易
天不下雨，乾涸了農田和池塘
農人焦急全民恐慌
我在飲水時，總會想到
天山高原和長江……

等待

等待的日子
一刻都因你而吃緊
翹首盼望街角轉角處
期盼你的倩影
竟忘了揉揉酸痛的眼睛
只顧倚窗側耳傾聽
你的手機是否來電

太陽有時幻化你的聲音
耀眼的絲絲陽光
透過心中的窗簾
使我焦灼難眠
於是我心房憧憬你在枕邊
一遍又一遍默念
你甜蜜的芳名……

陽明山霧

我車經過陽明山後山霧區前行
突然平地蒸騰了一陣大霧
近處大屯山藏身在眼前
遠方的七星山已看不見

霧濛濛的向我更走近
我想再前進看霧中的風景
不行，不行，重重霧幕蔽天光
飄逸如絲帶，輕盈似薄巾
看不見前方的車影、人影

下山後，看到天空如銀盤的太陽
照射的景色更鮮艷
我縱身一躍相信
霧裏看花，還是令人欣羨

牽牛花

她是牽牛花
春夏花開繞籬笆，向上爬
外表葉繁藤蔓青春
骨節軟如麻
朝開暮合由藍變紅
正午時光的粉紅色最佳
嫣紅姹紫媲美朝霞

她又叫喇叭花
朝陽一點，開放像喇叭
吹起喇叭向上爬
小朋友看到，說她頂呱呱
但她從不在大庭廣眾喧嘩
牽牛花，喇叭花
開遍陽明山農家

貓

賦性玲瓏，機靈勇敢
耳聰目敏尾輕搖
肉墊腳爪鋒如劍
口內門牙利似刀
臨危半豎半弓腰
猛撲窮追，捕鼠不辭勞
智擒鼠輩常熬宵

通人性，愛向主人咪咪叫
伸爪撩人，調情賣俏
形影相隨媚還嬌
佳餚美食吃得太飽
反而讓鼠到處跑
不管黑貓白貓
捉鼠回家即好貓

寫詩的感想

心中孤寂苦悶向誰說
我只能化作詩幾行
先讀給自己聽
一旦成名得獎
自有別人來欣賞

多數詩人寫詩
越寫越隨志豪放
少數詩人充滿了想像
曲高和寡，令人猜謎
不知他們的希望和詩想

詩要有韻味
好詩要有很多人學樣
能否傳世推廣
留給中文系所教授
文學博士們再努力文創

午夜的太陽

六月的挪威北方
晚間，七至十一時
親眼看到紅色大太陽
仍在北極海上

午夜，如白晝天光
站在大地上，仍可閱讀書報
人擠人，向天空仰望
我驚見一線異彩，從雲端搖晃

啊！紅太陽，剎時
為大地撒下金黃光芒
走馬燈那樣，轉了一圈
回到東方
讓我享受了最長的
一天二十四小時都有陽光

後記：午夜太陽出現在挪威北部北角海岬，如白晝，沒有夜晚。
　　　最好的觀賞時間是六月中下旬。

他鄉是故鄉

我曾經作過一次遠遊的人
漂泊到了台灣島上
房屋格局來自日本
高大的樹洋溢著清涼
舍間北側是廢棄的馬場
當時覺得很乏味
啊！何時能重見蘇北故鄉

我暫且放開恐怖的心情
生活不再是漂泊流浪
往日大詩家的詩篇
秀出永恆悅耳的樂章
留給世人鼓舞激昂
我常安眠築夢
依然宿陽明山，還鄉

春到人間

春的跫音
是一聲嘹亮的春雷
飛濺的閃光
灑遍點點滴滴
綠色泱泱

蝴蝶在花叢中飛舞
蜜蜂在花園裏吻花飛揚
春的足跡在繁忙裏叩響
群花在春風中引領高唱
編織一匹五彩繽紛，大好春光

我踏著春天的綠草
撩人的紅花怒放
遊覽欣欣向榮的農場
閒眺長天一色的藍海
讓它們激蕩我心的海洋

柳

綿綿裊裊、美人的秀髮
在河畔、橋頭、湖堤上
妳生生不息的繁衍
滿懷無窮希望
在春風中漫舞輕颺

妳沒有鮮艷的花朵
　　　華麗的色相
更無妖冶的騷態
　　迷人的瘋狂
妳卻象徵著爽朗

沒有妳
河岸、橋頭便顯荒涼
有了妳
我們才擁有濃濃郁郁的
大好春光

七十年前

睡時總為那件舊事縈繞
在夜裏，抱著棉被流淚
又不由自主想起
母親溫良賢慧……
想得好累又心碎

1943 年某日，我急著要
趕路，回東台中學的溱圩
母親從未拿過篙子
卻突然開船送我過河
我擔心船被狂風吹

因內戰失去母親的消息
儘管我哭乾了淚水
也不能忘記母親愛我
點點滴滴
綿綿密密的教誨

感時傷心

春節過了，回到真實的台灣
媒體誤判，令人嗟歎
把做壞事的惡人，當好人看
把違反原則的叛徒，當好漢
把堅守原則的君子，當傻瓜玩

薪水不能調高，生兒育女
無力負擔
盜賊詐騙天天有，竟有人想
在牢裏吃閒飯
食品常疑造假、摻毒
更令人飲食不安

這社會變得衰弱病殘
生無生趣，死也不甘
一般人想要移居海外
生活比台灣更難

秋風

秋風吹奏金秋一曲旋律
成熟的絳紅、金黃
沉甸甸地遍地琳琅

她梳下凋落的樹葉和花瓣
撒遍大地，化作淨土
重新構思明春重亮相

她使幽靜的綠水
在秋陽下輕晃
泛著粼粼波光
岸邊蘆花瑟瑟作響

她吻我的頰，撫摸我的臉
全身感受涼爽
我的視線，隨著空中
盤旋的鷹
一圈一圈向天空飛翔

生活

歲月流逝，塵土佈展心房
日子如梭穿行順暢
鳥兒愛盆花，在窗外歌唱
藍天白雲如游魚
庭院桂冠飄出芳香

今天握在手裏的，有
燦爛的陽光
早餐燕麥豆漿，供給熱量
大街上人來車往
我要過馬路，還是很緊張

遠去的克難不再，經濟飛揚
近來的金融風暴，物價翻漲
我只安靜地過著簡約生活
散步寫詩，細數每一天消逝的
在夜晚睡夢中重現的好時光

夢中的敬老院

壯麗景觀好庭院
大廈建築富堂皇
設備齊全重休閒
更煥彩換裝
耆老展歡顏

舒暢寢室五星級
廚房整潔供三餐
食材都是有機產
走廊牆壁裝扶手
輪椅可在院內遊玩

詩書畫展連連辦
博奕衛生復健房
會客電視志工班
復有溫馨宗教講壇
翁嫗樂活不孤單

陽明山小憩

藍天綠樹，小油坑噴氣口
七星山峰頂天
飄飄雲朵出岫
林間送來
紡織娘聲的輕柔

偶來大屯公園小憩
處處涼風拂袖
花蕊飄香
粉蝶飛舞
讓我忘卻心中煩憂

駐足花鐘之前
凝視中山樓
滿山紅花櫻唇
這就是花季的美景
留住我的目光久久

我是風

我是風，我來了
驅走四周的孤寂
萬物因我而有了生機

我喜歡親吻花和葉
在枝頭詠歎
在深山空谷中吟詩……

我喜歡舞弄纖細柳枝
與落葉狂舞
舞出海浪奔騰的英姿

待我形成了颱風
呼嘯掠過千山萬水
橫掃城鄉，人站不穩而倒地

我時而溫柔靜思
時而狂暴發威
善變是我的天性，不足為奇

婚姻大事

不婚族成群結派
影響傳宗接代
養兒育女，變成人生負債
青年男女流行養貓養狗
牠們的名字都叫寶貝 Baby

窗外綿綿細雨，潑洒
恰似我內心不安復搖擺
期待我兒對婚事多了解
由彼此扶助，相互信賴
以堅忍毅力，創造未來

啊！和暖的春風
是我內心的期待
期待吾兒呀！
要創造繼起的新生命
婚姻大事，得及時安排

美食專業書店

——東區好樣思維

台北東區有家書店
巨幅白翅
向達文西的自由思想致意
涼風徐徐
思維設計得好美

坐在二樓沙發上
與友人切磋詩藝
面對著繆斯的微笑
鏗鏘新意的思維
重織一簾夢囈

當聞到菜餚飄香
驚見桌椅餐具都精緻
欣賞古典紅磚老牆
樂見窗外滿園綠意
新春頻添無限喜氣

桃子人心

桃子，倒置
人心模樣；
人心，最好
置在你我兩字中央。

霧裏桃子豐韻淌
無聲的綠葉更顯茁壯；
春風輕拂，映著人面桃花
塵土不染甚清爽。

愛使生命有意義，
喜悅出自智慧光芒；
智慧往往來自苦難，
需要用心培養。

粉紅桃子可以品嘗，
人心得化成桃子，
助人融化困惑憂傷。

熟女的愜意

去年情人節
夾在農曆新年假期間
2013 加 214
轉譯口語
「愛您一生愛一世」

單身貴族難免落寞孤寂
她曾經有過受邀燭光晚宴
洋溢幸福歡樂年華的氣息
此刻憶起形單影孤
更易觸動傷春的事跡

折翼療傷，穿越感情風暴
她已懂得放下
曾經擁有的更珍惜
心無牽掛，自在逍遙
勝過一生一世……

櫻花

早春，二三月
陽明山上櫻樹怒放
都用力漲紅了臉
綻放嬌美的花朵
射出一簇簇艷紅的春光

春風時寒，逗她動盪不安
挽著樹枝低低吟唱
春雨料峭，害他含淚盈眶
又日夜微笑流淌

櫻花，世人愛她如
情人一樣
開了又開的紅花，在晚春四月
如血跡斑斑的花瓣
無聲躺在地上……

炎夏遊陽明山

今日難得一見好天氣
驅車前往陽明山
勤練吸納深呼吸
陽光山嵐陣陣爬升
成群光影如蜥蜴

大屯公園，環山擁抱
觀賞各類蝴蝶
如繁花盛開，品悟花香秘密
眼前蝶戀花、花戀蝶
方知情話，甜甜蜜蜜
品嘗天然有機純蜜

山中琴師紡織娘，吱吱復唧唧
悅耳動聽如天籟
令我深深愛惜
直到夕陽照亮金色樹梢
方依依下山，回家休息……

登山遠眺

我已八七高齡
世事既無欲念
也無野心
唯一盼望，世界和平

回顧 2014 年
物價雖有微漲
但有退休月俸
生活還算安定

回想初到台灣，舉目無親
每年春節登山慶新年
遠眺黃海西岸
撫慰思鄉之情

去年 2 月 10 日登山
陽明櫻花夾道，春風滿面
遠眺西北角，巨浪滔天
難掩傷情痛心

波士頓馬拉松驚爆

——2013 年 4 月 15 日下午 3 時 45 分

鮑曼哭叫著爸爸
艾琳哭喊著媽媽
聲聲撕心裂肺
卻看不到丹妮和比爾

白色煙霧，壓力鍋炸出火花
兇殘的鐵釘和滾珠
射傷了他們的爸媽
嚇壞了這兩個學生娃娃

在路邊圍觀群眾的尖叫
他們神情錯愕，心亂如麻
鮑曼和艾琳哭喊聲變得嘶啞
他們的爸媽現在在那兒

志工趕來對他們傳話：
「你們的爸媽都受傷
阿姨會帶你們回家」
群眾於心不忍，淚如雨下

在繆斯公園內
——懷詩人宋哲生教授

爽朗的笑聲，依然在我腦海
熟悉的背影，仍舊在我身旁
您在世界詩人大會上
展現中華詩聖優質的學養

在英詩和古典詩的浪花中
您渾厚朗誦的音韻，悠揚迴盪
築起了通往世界詩壇的長橋
更以古典精美詩作，動人傳唱

古典詩是中華文學的瑰寶
閃爍著我們華夏智慧的光芒
您在《乾坤》發表的詩篇
仍受到詩友傳誦、讚賞

在知道您去世的惡耗時
淚水頓時沖垮了我堅固的心房
此生，您矗立在繆斯公園內
挺拔的身影，將繼續耀眼發光

老太太跌倒了

有位老太太，跌倒在路邊
呻吟著，相當痛苦
「良知」想過去扶她
僅走幾步，卻又躊躇
「道義」已然伸出手
卻又猛地退縮停住

沒有他人在場
讓我聯想到有被陷誣
受委屈之可能
前不久，就遇到一樁
害得我跑了好幾次派出所

警員詢問老太太病情
才打破了我的沉默
「良知」頓時怔住
「道義」低頭沉思
我才說明看到了一些經過……

人生縮影

黃色小鴨在浪裏浮沉
平安歲月
如江河浪靜
憂傷時光
恰似海上風險

她本過得閒靜，可撫慰人心
卻因無預警的熱脹
炸成兩半，趴在海面
飽滿的幸福底下
無比空虛與不安寧

傷口一經縫合，又微動起來
如昏迷的人恢復清醒
人生註定在風浪裏
擁有一剎那的美景
黃色小鴨頗似人生縮影

櫻花季

櫻花在陽明山上
用力脹紅了臉
嬌美微笑排列著
早春在山路兩旁展現

春風時寒，親她逗她
挽著樹枝低吟
春雨料峭，淋她害她
日夜含淚嗚咽

開了又開的櫻花
花瓣紛紛凋零
如鮮血落地
與如茵綠草爭艷

國際藝術大師的枯樹家族
環繞茶花、杜鵑、華八仙
更有「花鐘音樂」演奏
帶來心靈視聽的饗宴

夢中奇景

夢裏建築超整齊
人人穿著相同的秋衣
總會遇到一兩個與真人無異
看他們似在對話
但不會笑嘻嘻

有時會看到成堆報紙
句句方塊字
全都認得，醒後卻一無所知

偶爾夢到自己
走入雲霧縹緲的樹林裏
落魄在山谷中無法脫離

忽然風吹雲散見一片綠地
園中有各式花卉
在炎陽下顯得異常美麗
想來想去
從未看過這艷麗景緻

燒炭悲歌

討債鬼緊跟著
夜以繼日
要從無處可逃的牢籠裏
抽空他的呼吸

時間不憐憫這暗淡世界
暮色來襲
他心生恐懼而戰慄
只想沉沉睡去

他不願孩子受苦
想用方法一起安息
借圍爐取暖
孩子的無知令人警惕

這一金融殘酷陷阱
竟連日發生悲劇
他們死得如此輕易
把問題留給社會

空巢老伴

老伴兒　最可靠
甘苦共嘗　又善於烹調
外在風韻未減少
親密尊重　內在更美好

常嘔氣　少爭吵
不聲不響　火氣自然消
表示關心就算了
大事化小　相忍為空巢

要外出　一齊跑
戶外散步　市場買菜餚
有時用手扶著腰
深怕老伴　走快會跌倒

不貪多　少煩惱
何時病痛　誰也難預料
從早到晚家務勞
共同生活　健康就是寶

拜訪老友

暇時，我總喜歡打電話給老友
聽聽他的聲音
他快樂嗎？最近可好？
總是時時在想念

我在雲端之外
過著與臉書絕緣的情形
總覺隱私和心事
有曝露和失控的危險

只有到他家拜訪
才能了解他最新的動靜
握到他的手，看見他的表情
又聽到他的心裏真正的聲音

感情這回事
微笑、眼神與心境
要想歷歷進入我心
還是和他見見面、談談心……

忠犬救主

搖頭擺尾，主令咸遵
不明是非，忠心耿耿
生來機警嗅覺超靈敏
長途伴隨失智老人

八一長者從天母出門
沿著山路蜿蜒走
家犬步步隨後跟
一心護主，不問前程

老人信步上陽金公路到金山
走起路來仍有精神
路人見他無異樣
卻慌了家人到處找尋

金寶山下荒草徑
聞有尖叫犬吠聲
老人倦了，甜甜睡在路旁
幸好身心未受損

急診室所見

老江臉色發青掛急診
他太太心慌慌
急診醫師將氧氣面罩
罩在他臉上

江太太雙淚流淌
孤單，害怕夜色蒼茫
一刻不放鬆
盯著昏睡中的老江

夜半，救護車聲響
送來一位滿臉鮮血少年郎
醫護人員很緊張
忙著急救傷

江太太想不通
為什麼他後來居上
傷者痛苦呻吟
她更感沮喪

石橋的聯想

故鄉有座大石橋
每天負重不辭辛勞
我告別它已七十載
知道它仍剛毅不折腰

我近年還鄉走到橋上
俯視河堤水邊
由眾多溪石舖成的步道
行人稀少　小鳥在它背上跳躍

使我想起台灣的大理石
在橫貫公路旁嶙峋峻峭
麗質天生　不畏風掃雨暴
工匠研製吸睛的器具儀表

我曾看過金字塔百丈高
中國長城萬里之遙
深山中的璀璨晶瑩　一經琢雕
列為國寶　笑傲富豪

梁祝傳奇

杭州春城　瑰麗風景
教師認真講課新穎
莫干山　祝家村
待字閨女讀書勤

青年戀愛未流行
恰逢梁祝演真情
樂蒂巧扮祝英台
凌波反串成男性

她善演卻不叫座
梁兄哥竟一劇成名
樂蒂受悶氣鬱鬱早喪
五十年後，凌波還算康健

黃梅調電影初到台灣
有人看了上百遍，也不厭
大街小巷處處黃梅
人生真情唱不盡……

西瓜

你的祖先在非洲
輾轉西洋移植中東
直到宋朝方落腳華中
綠色衣裳肚裏紅

你，外型圓又光滑
畦畔滾成堆，青綠翠蔥蔥
紅瓤香甜又多汁
有利消暑和胃腸蠕動

你是台灣夏季盛品
全年均有你的芳蹤
你雖出身隴畝
但具國際認證，優良品種

你，適合冰鎮美味滋滋
令人們食指大動
富含茄紅素，可代狀元紅
全民餐桌上都供應，有益大眾

夢幻情人

羽香儀態端莊
適婚找不到好對象
下班後又嫌夜長
上網交友物色情郎

加拿大的建築師
豪情灑脫，舉止大方
為了要見她一面
專程回國，真情流露喜若狂

原來孤獨的他
挑剔女友異常
要氣質高雅，性情豪爽
要同意遠渡重洋

她能傾意，愛湧心房
良緣天定，留影雙雙
而今，共築愛巢在異鄉
享受楓紅歡樂好時光

激情之後

兩人熱戀，死去活來
女方新裝露玉腿，淡掃蛾眉
風情洒脫多自在
輕顰淺笑柳眼開

男方身高一八○
西裝革履，博學多才
出手大方，經常外食外帶
情投意合，談得來

三年後互許終身
問題出在三餐，善後洗碗筷
男方面有難色
不好好清洗流理台

激情在現實生活裏
逐漸冷淡，難以釋懷
一些雞頭蒜皮小事
弄得不愉快，揮手 bye

大屯山腰

——悼念錢濟鄂兄

大地鋪滿落葉
你悄然走進大屯山腰
把未來留在身後
讓春天月圓花好

日有清泉可解渴
夜有蟲鳴鳥啼風蕭蕭
或許寂寞無聊時
也可邀來詩友談詩復推敲

你一定記得骨灰和春泥
會長成美艷花朵和春草
常見準新娘披婚紗
如愛女維妙維肖

怎一剎那，你走了
知道你走向大屯山腰
一步一回首
仍然頻頻微笑

海浪

我常在北海岸漫步徜徉
聽濤觀浪，向西北仰望
東海雙臂擁抱在中台菲港
身上閃耀著吸睛的光芒

他是被風掀起水波的情郎
粼粼如矽砂，在水面上蕩漾
安撫垂淚的礁石、崖岸
千軍萬馬奔騰的豪放

我喜歡他掀起一波波巨浪
想隨著浪頭摘一朵潔白浪花
但他慣用全力推擋
上萬朵浪花反覆洶湧在海面上

他在東海上飛躍
沖刷我經常用餐的漁港
我的詩心越過浪尖
靈性舒暢

咖啡簡餐

她，讓顧客驚艷
開了一座咖啡店
年近五十歲，活潑幹練
穿著時髦，儀態萬萬千……

前年，她發現老公外遇
使她傷透腦筋
下定決心勤塑身
悉心打扮成少婦的美艷

只因鏡中美女是自己
她開心，勤學烹飪做甜點
生活變多彩多姿
愈覺發光，巧笑倩倩

我悠閒品嘗午餐
聽到她的優雅的清音
每次，有她閒話家常
多了一番禮遇的溫馨

良醫問診

——楊五常主任讚

醫師患者相見歡
治好身心疾病有幫助
想要當他的病人
得有時間讓他全神貫注
他會悉心細細解說
各種檢驗報告和你的傾訴

他把腎臟科當成專業興趣
親切問診，溫馨叮嚀
嚴防高血壓及糖尿、高脂
讓你心上如釋重負
定期追蹤把病情穩住
延緩腎臟惡化的速度

凡曾受惠者都知道
低蛋白質的攝取
以及少鹽、少油、少鉀
避免感冒、亂用藥及勞累
健康獲益，莫不銘感肺腑
世有良醫，患者至福

榮總的老榕

北風不減巨幹挺立
春雨猶添茂密樹容
頸伸粗臂，鬱鬱蔥蔥
撐蓋鎖長天，任電劈雷轟
長鬚拖地，綠葉婆娑
夏天來臨，樹蔭濃濃

五十棵老榕
樹立在台北榮總
走過石牌路二段的人
都曾仰望參天蓋地的樹叢
一座百米長的綠隧道
毫不影響上萬人的交通

老榕披陽迎雨一甲子
歷經滄桑，閱世深重
見過民國六位總統
及上千克難戰鬥英雄
坐在樹蔭下的白頭翁
樂當導師，諄諄教導學童

陽明山松

氣勢巍峨高山松
雄枝挺拔傲蒼穹
一年四季，不改長青色
依然碧綠蔥蘢
盤枝錯節，綠葉如針
紛飛松籽，依崖穿石中

傲骨生成不折腰
葉茂枝繁不畏風
迎霜鬥雨，志在碧空
歲寒險峰，有松濤在吟誦
她娓娓細訴，剛直不屈
配合著山澗流水淙淙

文人取意賦佳句
詩情畫意韻味濃
歲寒願與梅竹友
論壽常與仙鶴同
親楓、熏風不著紅
水土保持，須她阻雨防山洪

姜必寧教授八六壽筵

戀愛碧潭泛小舟
樹蔭任飄浮
纏綿悱惻，兩情相悅
欲語還休
快意台北盡興遊
雙雙畢業後，力爭上游

兒女成家立業後
心臟專家第一流
三位總統御醫辛勞
有賴夫人相愛而無憂
伉儷情深手牽手
環遊世界，常憶笑回眸

姜府瓊筵八六秋
壽燭輝映，夫人儀態溫柔
姜兄一吻彩照長留
夫人閉眼，口含甜笑
六十六年知心悠悠
福壽雙至一生修

夢裏暢想

夜，太長了
上弦月垂掛西窗
我端坐電視旁
獨對韓劇的母女情
痴痴欣賞
不知不覺墜入夢鄉

我不再掛念世間滄桑
心也不再流浪
背上行囊已無重量
行走徜徉在不平坦的路上
總覺飢渴需要補充食糧
或找一處方便的地方

誰好心來到我身旁
送我一杯溫熱的開水
潤濕我乾裂的口腔
直覺她是鄰居好姑娘
夢裏暢想，醒也暢想……

轉世

神童、天才哪裏來
莫非前世來投胎？
人死了，只是形體生命的結束
累世智慧與潛能卻存在
有些小孩才兩三歲
說話有條理，心算勝珠算
隨音樂起舞，天賦與生俱來

轉世靈魂像美味
無形中進入受精杯
前世記憶好比一片電腦軟體
程式不會滅為煙灰
隱隱約約與今生接軌
頓時豁然貫通，發揮潛能
成為學者、專家、權威

天才兒童經常出現電視
流露出異於常人的智慧
人類愈來愈聰明愈進化
轉世確實有其道理

環球旅遊

為了飽覽各國風光
鼓著風、披著雲、踩著浪
衝開一路浩浩蕩蕩
向天涯
繞著地球走
尋找驚奇和願望

我和各種不同的人群握手
越過北角、洛卡岬、好望角
火地島、阿拉斯加、三大洋
觀賞大冰河、大峽谷
大沙漠、大瀑布、鬥牛場
走遍熱帶雨林、鐘乳石洞
目睹北極光、午夜的太陽

飛翔、飛翔
向著水天一色的遠方
穿越瀰濃雲煙
依循規劃航向
周遊世界名勝古蹟
如甘露傾注我身上

姜必寧醫學獎頌

縱橫國防醫學中
論英豪　有姜翁
多彩多姿成就眾難同
年輕留英、留美深造
三位總統御醫立大功
名揚全球　醫學貫西東
輝煌業績青史在
醫師楷模令人崇

退休領導心醫研發會
培植下一代　薪傳當先鋒
設立姜必寧獎已五屆
傑出青年心臟論文與世爭雄
提拔卓越俊傑
遍及兩岸四地顯神通
榮登醫學聖壇
勇攀醫學高峰

防恐

現實社會的冷酷
已到了如入地牢的驚恐
尤其人多場合
那無情殺手到處妄動
如狂風自叢林呼嘯而出
在一片驚呼聲中
摧毀多少幸福家庭
悲情傷口　日夜喊痛

年輕人一天到晚
總是鑽進雲端中
正經事不肯幹
被社會譏為低頭虫
沒錢用的失業者
尾隨路人行蹤
伺機搶奪皮包或行兇
人人自危　驚叫惶恐

壯麗的太平洋

浩瀚壯麗的太平洋
我每週都站在蘇花公路上
向東仰望，山路像彩帶
俯視波浪的雄壯
你的雙臂擁抱地球
巨浪閃爍著光芒
不懈地搏擊礁石、崖岸
如萬馬奔騰狂嘯
令我振奮與豪放

我從你日夜推湧的浪花
看見你湛藍深邃的眼光
分享你柔和吹拂撫慰的海風
彈撥輕快悠然的音響
使我心裏搖盪，靈性舒暢

啊！太平洋！你浩瀚壯麗
讓我眼神為之晶亮
讓我享有遼闊湛藍的美景

不停地縱情歌唱
而今，我仍每週來到蘇澳港
站在燈塔上，深情仰望

景點的記憶

劉老太太失智
只有外傭陪侍
辣辣怪怪的印尼品味
她的味蕾找不到
熟悉的美味

女兒回家，見媽媽
坐在輪椅上，眼神呆滯
不言不語，令人心悸
上班時，最怕外傭來電
敘說媽媽又出事

陽明山上的花鐘
可喚起劉老太太的記憶
她看到花鐘，顯得雀躍親切
漫步廣場，當作心理醫治
重新綻放了笑意

假日女兒陪她，在陽明山上

看看薄霧山嵐由腳下升起
白雲朵朵懸浮天際
縱然黃昏
有美景欣賞，康復可期

外婆甜蜜的追憶

滿頭銀髮的外婆
帶著微笑而抱怨的語氣
說跟外公牽手散步一輩子
老了還要她服侍

86 歲外公聽了很得意
外婆表示過去把他照顧得
無微不至
才有這麼棒的身體

沒想到一波寒流來襲
外公中風就過世
不久，外婆踽踽獨行
跌斷了腿，只好坐上輪椅

如今，外婆才回憶
外公在世時她有所依
每天生活總是神采奕交
日日都有盎然的生機

外婆還說，只有在外公面前
才活得自在而有意義
有時鬥鬥嘴，也能互愛互諒
在子女面前若無其事

失智的初期照顧

忘東忘西，影響生活
計畫事情有阻礙
原本熟悉的事務
不知如何處理

對時間、地點，也得亂想亂猜
言語表達困難，又不能書寫
明明拿在手上的東西
也忘記找回
從社交活動圈中退出
情緒、脾氣變成怪怪

改善記憶喪失
要多和親友互動相敬愛
多運動，多動腦，多吃水果蔬菜
透過舊照重溫懷舊
心情可變得平靜自在
熟知的歌聲時時聆賞

全天候，親友輪番伴陪
多給他愛，多耐心關懷……

上：2000 年在埃及與外國詩人餐敘
下：2002 年在澳大利亞與外國詩人餐敘

餐敘日

好友王翁八七壽辰
一週前來電相邀
有幾位老校友非常好
到時可放鬆開懷
清一清心中壓力和煩惱

每天晨起都期待
能見一兩知交
可吃時鮮現炒
知心老友多聊聊
心情和煦、陽光普照

餐敘日終於來到
王翁對佳餚一一介紹
可惜老友年老，視茫茫
聽覺差，齒牙動搖
無法品嘗，色香味的美好

老李右眼渺渺

老趙左耳聽力不好
此時，我心情沉重，忘了笑
王翁開懷對我們慰勉
對他自己的健康，引以自豪

老窖與高粱對酌

瀘州老窖飄洋過海
與金門高粱對酌
他們相聚融洽，對話愉快
頻頻碰杯把拳猜
杯杯喝乾，溫暖彼此的胸懷

兩位酒友喝得十分忘我
老窖說，他的祖先在唐朝
杏花村就掛了頭牌
還有近親是茅台
極香醇，身價高貴酒瓶可愛

高粱說，我出生浯州金門
早經譽滿全台
目前已周遊世界，無人不愛
可嘆的是，有人酒駕肇事
惹起流血流淚的悲哀

我是旁觀者，十分羨煞

飲酒有眾多親友相陪
陶潛醉了吟詩作對
李白一飲三百杯⋯⋯
人生真的難得幾回醉

秋之旅

陽明山上秋風，吹著
枯黃的樹葉，在枝頭搖晃
它們寫成的詩句，近乎焦黃
讓我讀得心慌

濃霧山嵐一波波
由山腳下升起
開車總得前後燈亮
霧散了，我心情舒暢

抬頭向兩旁觀望
那紅極一時的櫻花樹
伸張交錯的枝椏
綠葉幾乎掉光

山間瀑布流水
泛著粼粼波光
讓秋陽染成金黃
在裸石之上作響

七星山上的芒花
如少女馬尾，左右搖晃
嬌小迷你可愛
我又暢遊了陽明山一趟

金錢

金錢好似窈窕娘
送往迎來會亂主張
莫怪世人多拜金
人間百事不離錢糧
民生國計全勞它營轉
正義公民求財有良方

取捨錢財審知法度
量入開支不致恐慌
肩挑叫賣賺小錢
總比屈膝乞討強

豪門庫滿自然通神
誤把紅包如神靈光
邪門謀利不顧法紀
貪吝的人飽入私囊
為了好色而貪污枉法
人死財丟，那才真荒唐

為了家積錢財而遭劫殺
盜匪兇狠喪天良
高官最好是遠離銅臭
讓芸芸庶民高聲讚揚

樂活常樂

人老起得早
下床後應站一站
放慢步伐防止跌倒
更要避免受涼，血壓升高

對晚輩，善用美意
舉止優雅，微微笑
少管他人的事
免卻煩惱不討好

快意自在，順心自在
應邀社團活動，要準時到
與人交談，謙遜互敬
通體舒暢，隨興就好

居室通風空氣佳，防濕防燥
衣服穿白紅藍，明亮色調
飲食營養均衡，清淡可口
細嚼慢嚥，七分飽就好

樂活長久，智慧技巧
能在銀閃閃的場所樂逍遙
睡夢中常和老友相聚
可惜常急著要尿⋯⋯

荷之外

翠綠蓋滿池塘
半露身軀半隱藏
根紮汙泥水中央
亭亭玉立
搖曳生姿捧曉露，映朝陽
串串明珠滾動在花蓋上

綠葉襯紅齊怒放
貼水花開冉冉香
宛若美人胸前物
碧腕玲瓏舞霓裳
雨打青盤，銀珠跳躍
雨過天青，撐傘照常

清波沐浴
不染汙而發光
娟秀容顏招蝶舞
粼粼魚躍輕紗旁
蜻蜓戲水成景點

風吹波動更清涼

微風蕩漾
笑鬥炎陽
荷塘月色水弄姿
賞荷倩影都成雙
荷香益撲鼻，風送
情侶入夢鄉

竹吟

你纖若柳枝吟唱
隨風齊成平安舞
雖無松柏蒼勁
柔軟可抵禦暴風雨
蔥蘢如林，勁節亭亭
疏影日晒身溢翠
蕭簫擊響葉滴露

竹梢拂蒼天，勤除瘴霧
虛心為懷，到凌雲處
素枝不染黃蜂彩蝶
四季長青，不論寒暑
春雷驚土發新苗
生筍之後更特殊

樂與松梅迎歲寒
千枝入畫伴青山挽綠水
七賢林下常歡敘
自從知遇東坡禮贊

「無竹令人俗」
君子風骨
頻添文士話絮

八十，筆和我

筆和我相處八十年
最初鉛筆為我值勤
琴心劍膽，伸頭傾吐
慢慢輕削護筆心

嘴尖身圓七寸長
輕盈狼毫隨身邊
毛錐脫穎，閃爍銀光譜新韻
恬恬靜靜，伴我筆耕
午夜柔情細脈，一洒千言

窈窕腰身如小指，利似箭
玲瓏嘴舌細如針，纖似弦
鋒尖猶勝金猴眼
字字句句行行閃螢星
囊水凝心涓涓流
助我聰慧性靈，淨化凡心

自有電腦普及打字後

我也忘了她們的熱情
提筆常常想不出
哪些字的寫法
唯一需要她的
就是重要文件上要簽名

網路

平板小巧玲瓏
應用語文盡收藏
詩詞歌劇全蒐錄
各行各業個資都上網
不用文房四寶
只須兩指輕輕滑尋訪
天邊海角都能接上

雲端視訊臉書
不受空間距離影響
再遠也能找情郎，娶新娘
和陌生人玩遊戲，作賭場
學生抽佣金、嘗甜頭
成賭鬼犯罪的溫床
辦活動套個資，行詐騙
讓參加者花錢上當

網軍婉君發威影響選舉
弄得權貴失去榮光

連帶整個團隊都遭殃
而今人人智慧發皇
於此，旦夕可以造就一位君王
同樣一瞬間，也能使一個好人蒙受冤枉

八仙粉塵燃爆

120 年來最熱的六月天
年輕喜歡到八仙樂園納涼
觀賞彩色粉塵秀
陶醉於炫耀的舞臺聲光

豈料一時爆出火花
萬萬想不到發生燃爆慘狀
瞬時火焰在腳底燃燒
火舌纏繞紋身　全身皮膚灼傷

用 30 支高壓噴槍集中噴粉
樂園變成燒夷彈場
到處有「救命了，哦」的聲音
現場和恐怖攻擊沒兩樣

造成 498 人受傷
183 人住加護病房
親友和同學流著淚照護
已有 15 名帥哥美女不幸死亡

志工安慰少男少女們
「你們很堅強，
　你們還很帥很漂亮」
全台燙傷、醫美醫師不夠派用
日美籍專家也趕來幫忙

青春難再，漫長的復健
肇禍者如何補償
當局新規：娛樂休閒活動
事前應有安檢保障

註：2015 年 6 月 27 日晚 8 時 15 分粉塵爆，不幸發生於新北市八
　　里水上樂園。2016 年 4 月止，還有 358 人仍需復健。

附

健教詩

（敘事體）

病房中的母愛

冰凍的恐懼，不悅的表情
在孩子臉上
母親悉心照護，盡其所能
用毛巾輕撫著他的太陽穴

他的病痛，母親的手無法觸摸
更加在他體內七上八下
慌張無助，深深領悟愛的痛苦
護士常看到她暗自流淚

孩子在黑夜中
他那柔弱的手和腳
得到母親指間流出的撫慰
帶著如天使的臉蛋兒
甜甜入睡

老人失禁

「鄭爺爺又大便了」外傭叫著
用「包大人」為他換尿布
她張大眼，一臉驚惶失措
這時只能忍耐，不能享有

她想，爺爺一輩子該是
慣用馬桶，私密如廁的人
怎願接受躺在床上
任異性看到他的私處

他失智了多久了
不知怎麼這樣糊塗糟糕
返老還童，隨意大小便
弄得自己毫無尊嚴

她無法想像眼前的老人
長期臥病者的大便
有多臭，多難清理
莫怪媳婦常常為此皺眉頭

吃藥

病魔隨油脂狡猾地進入體內
在血管裏隨時都會掀波作亂
臉燥熱，腳趾隱隱酸痛
血壓不規則，大小便不順暢
均須藥物來調合，才能樂活

一旦吃藥，即不能終止
心情雖有厭惡
依然需要作好記錄
何時吃？吃哪些？如何吃？
是泌尿？痛風？或高血壓？
一定得分辨清楚

每天按時吃一次或兩次
取出藥粒，喝幾口水
順暢入喉，流入胃……
才能發生療效
千萬不要忘記吃
病魔會乘虛亂舞

最嚴重的要算腦中風

早晚都在吃藥
水滿灌一肚子
那討人厭的副作用
頭暈、腹瀉，雖未叛亂過
想確保安康
仍須不停吃藥，藥、藥、藥

中風

本是一張和顏悅色的臉
嘴角卻歪向一邊
是被「疾風」吹過而變形的嗎？
連話也說不清楚
且又有一隻手無法舉起
這現象不能遲疑，要趕快就醫

這時，要當火災來看待
趕緊呼叫 119
救護車馬上會如游龍飛來
把病人送到急診室
醫師立刻針對病情
緊急注射血栓溶解劑
或作其它有效的處理

像這種「疾風」，把人推倒的情形
幾與死神擦身而過
家人大聲喊叫，只能眨眼睛
幸運的在人生道路上
還可坐輪椅或枴杖……
119 成了救命恩人

旅人心聲

飄泊的心
寂寞無奈，仰天看雲
血淚的一生
流落異域，難以稱心

緬懷五千年歷史文化
遙對故鄉明月
日日夜夜在腦際迴盪
在夢中驚醒

偶爾回到故鄉
在親友歡笑聲中
在喜極而泣的淚水
心頭的一片愁霧揮之不去
浪跡天涯的飄萍
不知他日埋骨何方？

失智老人

在寂寞的客廳
一雙木然的眼睛
陷在一個皺臉裏
眼神空洞，望著一面冷牆
很難理解他寫在臉上的表情
不再是從前的光采

他叫不出我的名字
要說話，想不出適當的字
支吾半天
忽然問我貴姓
令我大吃一驚，黯然神傷

近來，他走在街上
找不到住家
如被放逐的遊魂
到了家門口，他卻說
鑰匙丟了！摸了半天
竟然在口袋和他捉迷藏

他對鈔票逐漸失去概念

不知該拿多少才算一千
子女剛剛給他的錢
竟然忘了放在哪兒
還焦躁不安，以為被人偷去

有次兒孫問他幾歲
他回答二十三
好像乘著時光機
到了另一顆星球
擺脫地球的時間
希望永遠活在那年輕的歲數裏

他會忘記剛吃過的餐飲
老說他還沒吃
看，一雙忠實的筷子
猝然自他無力的手中滑落
視餐具如無物，放在桌上

大小便失禁時
要耐心像幼兒一樣照顧
他的生命在家人面前
一天天縮小
家人要細心把老當小撫慰他
度過悽苦的晚年

昏迷病人

一個表情木僵的面龐
鼻孔插著供氧的鼻管
脖子旁注射著中央靜脈導管
經過五小時手術
清除腦部血栓
仍昏迷像植物一樣
躺在病床

愛女在沈睡的他耳邊輕喚：
「徐叔叔來看您了」
我撫摸他的微涼手心
他聽到我的聲音
只是眨一眨眼
愛女在他右足掌按視丘穴
他竟睜開一下眼睛

二十天後
太太在他耳邊輕聲說：
「您當祖父了，您要醒過來」

他似能感受到親情呼喚
居然奇蹟的睜開雙眼示意
太太像是放了心中的大石笑了

孫兒滿月後，抱來病房
他眼睛瞬間發亮
左手向上動一下表示高興
他心跳卻劇升一百二十
高血壓猛升一百八十
嚇得醫護人員趕緊降血壓
不久，他聽到太太的聲音
眼角溢出了淚光

隔了三週，兩足可站起來
左手像舉重一樣費力
他對認識的人
欲語無聲，眼角浮出淚花
疼痛時，能發出
無法理解的呀呀聲

太太和女兒輪番喚他
吟誦他寫的詩

唱他喜歡聽的歌
助他恢復記憶
他會睜大眼睛並張口
醫師說：「他復健會進步」
家屬在痛苦的深淵中
綻放希望之光

為丈夫長期拍痰

咳，用力咳，咳咳咳
接著一連串急促的拍背聲
砰砰拍拍，砰砰拍拍
奏出響亮而規律的音符
拍痰聲和虛弱的咳嗽聲
此起彼落
形同一場苦澀的交響演奏

妻子夜臥丈夫床畔
主要是為他拍痰
怕外籍看護常貪睡疏忽
萬一痰咳不出就魂歸西天
就這樣照護了二十年
期待能等到新治療方法出現

她心中的那種愛
像飯桌上冒著一縷縷
熱騰騰的飯菜
臥在病床上的丈夫拴住了她
只期待奇蹟的到來

死亡之旅

霧濛濛的清晨
老翁如往常一樣外出散步
滿腦子兒孫的笑語
是他一整天開心的
源頭活水

突然，一股萬鈞力道
如迅雷衝來
他像一棵枯樹倒下
後腦頓遭嚴重撞擊
血像關不住的水龍頭
從染紅了的內衣中流出

十指痛如針刺
眼前一切恍若天旋地轉
身體不停搖晃
昏迷如墜入深淵
瞬間，心跳停止
進入死亡之旅

之後，腳趾手指有點顫動
眼睛微微睜開
而且張口說：
「回家。」
他戲劇性的醒了
真是不可思議

老生常嘆

三分之一蒙主召
三分之一陷異域
三分之一留本土
茂陵風雨中
相見似曾相識

活得硬朗的，感嘆
浮雲落日、堂空燕去
龍鍾老友互訴
也只能回憶往事

遍地血腥味
人人惶恐
彷彿病重的人
只聽見上帝說：
「時間到了！……」

我願

我已蒼老
無法掩蔽額際的山川
灰白的落日
將於地平線上消失

我願靈魂憩息於陽明山上
骨灰撒落大屯公園
化作春泥護育花美草綠
花放草飛
施展丰姿
讓年輕美眷拍攝婚紗留念

人生一場足球賽

人生一場足球賽
上半場 45 分鐘
相當於青年期功過得失
由於外界或自身犯沖
有人走錯了路
致使在職場上有諸多失控

中場休息 15 分鐘
相當於 40 至 45 歲間
是停下腳步，進行思想貫通
幸遇談得來的良朋
適合改換跑道，繼續深造
展現天賦才華的新作風

下半場，也是 45 分鐘
相當於壯年而知天命
會有柳暗花明的變動
自可翻轉局勢，士氣如虹
打成平手，甚至逆轉勝

創造最大樂趣的成功

打成了平手，還可
加時賽，延長 30 分鐘
相當於退休後做想做的事
有新的發展如夕陽紅
照亮新景點
締造暮年樂活，受人尊崇

手術室外

女兒患腫瘤須動手術
母親片刻不離
而緊緊抓住她的手
那種心痛的眼神
直到她送進手術室

焦急的眾家屬
把兩百張的等候區座椅擠爆
個個無語面對
或閉目默默祈禱
寂靜得令人戰慄

母親緊盯著跑馬燈
見到她是 8 時動手術
擴音器不時廣播
要某某家屬到開刀房
這就是重症的預兆
深怕下一個叫到她

煎熬了七個小時
眼眶蓄滿淚水
15 時移往麻醉恢復室
需要再隔兩小時，才能
回到病房

女兒醒來後
見母親頭上增添幾許秋霜
比她自己開刀還要緊張
忽發現一張顫抖書寫的筆跡
寫滿的都是擔心的字句

宋教授

他曾服務聯合國
和我出席過世界詩人大會
有一身飄然的儒者之風
朗誦英詩時
帶有漢詩的音韻美
贏得國際人士熱烈掌聲
至今仍令我難忘

近年，他耳朵患重聽
總感嘆生命已屆黃昏的無奈
的確，他有些嘮叨
在電話中，我想插嘴慰問
比登天還難
只聽他一直不停的說

事後得知
他終日常以僵硬的表情
獨坐沈思
可當他接到電話

顯得異常興奮
像這種微不足道的互動
竟成為他最渴望的樂活

適時放棄急救

醫學科技蓬勃發展
醫師的天職，仍是
治癒病人，搶救生命
植物人是否算活著
醫師不便答覆
家屬卻得陷在疲累照護的深淵

治癒無望的疾病
只為維持一口氣
身上插滿侵入性的管子
彷若犯人困在床上

眼睛微睜，半夢半醒
舌頭顫動，無法言語
手也舉不起來
因藥物而導致浮腫

病情未見好轉
只有長期忍受折磨

醫師要適時放棄急救

讓病人保持尊嚴，自然離去

候診的感受

脈搏不規則跳動
長期困擾我
特別掛了心臟內科門診
在候診室耐心等候
希望護士儘快叫我的名字

坐在我右側的一位女士
臉浮腫帶有灰色
臨走時留下沉重的腳步聲
猜想她還有腎臟等的毛病

坐了兩小時，輪到我
醫師用聽診器
探測我心的搏動
給我開了一劑藥
心情還是開朗不起來

四週後，我再前往復診
途中遇到一位性急的老人

我知他也要看心臟內科
便邀他和我一起走
兩人並坐後閒聊了起來……

這次進了診間
我的心情好似鳥兒拍動翅膀
醫師看著我閃亮的眼神
雖依舊開著同樣的藥
卻勝過任何有聲的問安

臨終前的預兆

常聽有人說，重症病人
在臨終前，為了要向
親友們交代後事
有迴光返照，突然清醒
讓在場的人驚訝不已！

我曾在 20 年前
目睹好友孫君斷氣前
在病床上掙扎
只輕輕撫摸著他的手
便舒嘆了一口氣

接著，面容優雅
雙頰如雨後天邊的彩霞
唇角掀起一朵微笑
安詳的看著我

過了片刻，我一抬頭
發現他兩隻眼角膜

同時有了一絲淚光
如其所願
他要回到天家

人心多變世事難料

驚聞周大嫂不幸腦中風去世
2011 年 3 月，在追思會上
周大哥將他們三十年來
夫妻共處的彩照以 CD 播放
現場柔腸寸斷，一字一句悼念
他對愛妻的情深追憶
使親友萬分不捨，倍感哀戚

同年十二月
周大哥居然滿懷欣喜
有了新歡
邀請眾親友參加婚禮

想到他在四個月前
還煞有其事，出版一冊
紀念愛妻專輯，白紙黑字
海誓山盟，同生共死的諾言

厚厚一巨冊，我還來不及看完

豈料，他老兄只是思念一下下
就另譜一齣愛情速食劇
演出暮年生命的摯愛
樂當薄情的老郎

熱心詩教的陳老爹

陳老爹，四年前患了心臟病
全身動彈不得，氣喘吁吁
感覺他的人生列車
已開進終站

神智清醒的他
感悟到人活在世上
應多做些有益於社會的事
以寫詩來延長個人的壽命

他經常參加詩會
拿出新作讓同好分享
聊得開心，增進雅趣
並給年輕詩人機會和掌聲
慷慨資助他們著書問世

他生病後，就決定身後事
不發訃聞，不舉行公祭
不勞動親鄰老友

體貼家人，免於心身折磨

他一直在推展詩教
利用晚年的光和熱
幫助詩友，獎勵年輕詩人
不料 2012 年 3 月 25 日
自己就含笑駕鶴歸去

握著助行器過街

在天母東西路與中山北路的
十字路口
驚見一位手握助行器
彳亍過街的長者
身穿吸睛的紅衣
以浮凸的眼神向前遲緩移動

路旁有對六十多歲的夫婦
為之而感嘆說：
怎麼沒有家人陪伴？
見他滿臉無奈，欲停又走
恰好有位少女以「老吾老」
帶他走到對面的廣場

於是他坐在石板上
沐浴冬日的陽光
手依然握著助行器
兩眼迷茫，盯著遠方
就這樣度過了片刻

他再由十字路回到
日本學校的街角
躊躇又徬徨

我很好奇的問他：
家住何處？他手指著前方
低頭握著助行器，向前移動
我隨後發覺他是位
獨居老人
彷彿有不便明言的苦衷……

宋主任不來了

半年前，住在中和四層樓的
宋主任
不願孤寂的待在家裏
一天總要上下樓梯好幾回
或經常搭公車來天母訪友

他很有禮貌，每回都帶些點心
到我家和我寒暄分享
話題總是 40 年前，他住天母時
曾靠著兩腿穿梭大街小巷
樂此不疲

有時，他和我坐在大樹下
聽鳥雀吱吱喳喳
好似享受兒女環繞又逗笑
有次，他揮汗如雨來看我
我勸他，年老了要防止跌倒
乘計程車比較安全可靠
他覺得這樣很麻煩

不如省幾個錢給孫輩也好

近幾個月，他突然尿失禁
眼睜睜看著濕答答的地上
精神恍若發呆，說不出話來
身體也不聽使喚
怎麼也無力移動雙腳

現在，他深居簡出
食不知味，體重逐漸下滑
右肩骨總覺有蛀蟲在咬
晚上常痛得無法入眠
使得佝僂的腰好似折斷
整天坐在輪椅上，一臉茫然

以前喜歡訪友的宋主任
從不喊累的興致已經不見
現在他爬樓梯
踩一階得停半天
再也沒力氣來天母了

活出自信與滿足

十年前，我到病房探視
孫大哥病危
當時鶼鰈情深的孫大嫂
哭著向我表示：
他不能死，他死了我怎麼活下去
之後，她從未對陌生人說
她丈夫已過世

孤寂獨居的寡嫂
空蕩的住宅掛滿丈夫照
她天性樂觀、開朗
尤其在這無牽無掛的時候
常到龍山寺做志工
與香客共同禮佛、祈福

讓稍縱即逝的夕陽
為她提供彩繪晚年
美景的畫布
夜晚坐在窗前欣賞

皎潔的月光

她的心情就像整容過的亮麗
見人就露出陽光似的笑靨
且以她自己為例
一直為人指點迷津
如何擺脫喪偶的陰霾
活出自信與滿足

就此，她編織了信佛普渡
成為同樣遭遇的人
一則如來經典

張大叔

張大叔，在睡夢中辭世
臉色悠然慈祥
說明往者沒留下任何遺憾

翌日，抬頭仰望天空
湛藍得令人興起
尤其那朵點綴著的白雲
使我在想
大叔正凌空飄盪的心靈

李阿姨在電話中說：
她看到他被推進冰櫃
那一刻只落得一個小小的
容身的空間
不禁暗自熱淚盈眶

一週後，舉行告別式
遺體火化成灰
渺如一縷輕煙
帶著魂魄飄向極樂世界

親情沸騰

——父親節快樂

啊，今天是美好的節日
親情沸騰著
可愛而健美的孩子們
高呼：父親節快樂

此刻，我看到——
我的生命在他們身上
青春洋溢
振翅飛翔

每年，這獨一無二的日子
在崇尚倫理的佳節餐敘
我盡情享受天倫之樂
駕著生命之舟，航向新的里程

又過了最後一天

六十出頭的李先生
身邊有位少婦照顧他
讓人不禁大讚命好
他說女兒願意陪他
他不知還能活多久

他原想在退休後
好好享點清福
體檢卻查出患了腦瘤
開刀有很大風險
不開當然就活不了

手術雖然順利完成
左側肢體卻變成癱瘓
躺在床上度日如年
接著要做復健
一大堆刑具等著他
過程如萬箭穿心
最後總算只有左腿不便

定期回診，醫師認為
腦瘤有再長的可能
他說：不再開刀了
不想家人再面對他
又一次生死未卜的煎熬
更不願自己老癱瘓在病床上

於是，他反而變得豁達
將生命中的每一天
都當成最後一天來珍惜
每天都由女兒陪伴
緩緩步下樓梯，外出去散步

人生晚年，如一道斜陽
淺紅色的光線灑在身上
他漫步在斜陽中
一點都不慌忙

慢活慢吃

八年前，我曾跌斷右股骨
如今，我深切記得醫囑：
早晨起床，先要坐在床沿
一分鐘後才站起，停 30 秒
再慢慢向前移，步調悠閒
更要慢慢的走

上午七時前
在廚房弄好早餐
兩老慢慢細嚼緩嚥
在清理餐具時
播放 70 年代的歌曲或京劇
累了，就上床再補睡

中午吃完午餐，外出走動
做一些事
如寄信、取款或購物……
過馬路時，特別提高警覺
看清對街燈號綠色數字

一步一秒，怕走快了會跌倒

有時也會走進市場
品味舊時的日常食品
留住時光流逝的痕跡
重新體會悠然的慢活

下午三時左右
再上床補睡兩小時
醒後，又要準備煮飯、洗菜
七時許進晚餐
家人團聚，說說笑笑
直到十時，才能清理好餐具

今年我八十八
才知「慢活慢吃」的真諦
有人說，老是三等公民
「等吃、等睡、等死」
這種肺腑之言
值得長者參考

詩會下午茶

翠綠的文山上
一座優雅的茶座
煙霧嬝嬝輕舞
冒出意象的靈感火花

茶香撲鼻
喜上眉梢
啜一口熱茶
純醇香味浸入舌蕾

一面誦詩
一面啜茶
共享修好的佳句
帶著下月的詩題欣然賦歸

太陽笑得緋紅了臉
晚霞披著金縷衣
映紅了半邊天
一個充滿詩意的下午
入夜仍然令人回味

樹根

牢牢向下紮根
不斷蜿蜒伸展
盡力讓枝葉
為大地高舉一把綠傘

看水在身畔流動
欣賞鳥兒在枝頭跳躍
樂見燦爛的陽光
在頭上照耀

緊緊抓住腳下泥土
風吹雨打動搖不了你的意志
縱使一天樹幹倒下
你仍將讓他重現生機

天倫之樂

窗明几淨的客廳
兩個身影在互動
他們的眼睛對視
雙唇不斷綻放如花朵

父親對兒子說：
你是否記得兒時
我對你的照護
兒子瞬即答道：
老爸，我一時想不起來了

父親又說：這時啊
想到我的生命在你身上
青春洋溢
當我抱你的那時刻，是
人生最快樂的呀

兒子說：
您對我的希望如此大！

父親笑了
你能考取公職
振翅飛翔，我真高興

同班同學會

64 年前，一齊進入大學
李學長，寄來一封通知
約在 101 義式餐廳聚會
我收到之後
腦中不斷開啟珍藏
興奮得一夜未眠

2012 年 5 月 17 日
我特別穿著比較年輕的服裝
乘電梯到 85 層
所見同學都白髮蒼蒼
只覺很面熟，卻叫不出名字
幸好每人胸前都掛著名牌
一一握手言歡

站在門口招呼的李學長
是位鼎鼎大名的醫師
他帶著微笑歡迎後
還關心我的心臟

他說，七載同窗如弟兄
雖然都是離鄉背井
如今能在此見面
不失為一大樂事

其中，有位張學長說：
白天他到處遊蕩，找飯吃
想睡就睡在空中樓閣
今年他已近失落年代
真想走入另一世界，去聽聽
地球急速暖化的聲音……

北海岸設宴

老田過了八十
身體狀況大不如前
他希望在北海岸聽濤觀浪
捲起千堆雪，乘勢傳來
西北黃海的鄉情……

於是面對晴空萬里
而陽光溫柔地灑在海面上
好讓閃閃發光的浪花
千朵萬朵向岸邊綻放……

雖然，他的體態已不復
當年英挺
面貌更多了歲月的刮痕
怕別人不認得步履蹣跚的他
卻想出了懷鄉的奇特方法
逗得大家在北海岸湖南館
一番哄堂大笑

有位移居紐西蘭的朱同鄉
表示要回台灣參加同樂
想不到，他前幾天越洋電告
也因年過八十，多病
不宜長途乘飛機返台

2012 年 5 月 13 日中午
先後從美國、高雄等地
來了九位同鄉、六位寶眷
都伸出了佈滿皺紋的手
相握言歡，觀賞千堆海浪

遙望西北黃海邊的鹽城
誇讚老田設想周到
期盼明年母親節
大家再歡聚一堂

人體素描

鮮艷霓裳
白嫩靈巧的手臂，輕輕揮灑
飄盪著如絲的柔髮
姣潔的臉蛋兒
微露紅唇、皓齒
扭動兩座雪峰和柳腰
全身呈現最驚艷的玲瓏

妳亮如星芒的眼眸
含情脈脈，飄移誘惑
向我飛來，美似彩霞微笑
淺若玉杯酒渦
漫溢著甜美春汛

我想吻你玉杯
欣賞妳星芒和彩霞
傾聽妳從明眸皓齒發出
娟秀的音籟
挽妳的手臂，摟妳柳腰

攀登雪峰

在藍空瀑布的月夜

瀟灑走一回

未來如何度過

平平、安安，你們前年
無從選擇，來到這個世界
有沒有看過地球發的
「年金的未來」簡訊

台灣是個高齡、少子化社會
勞動人口逐年下降
現在生下來的小孩長大後
就要用工作每月付社保費
而累積成退休年金

父母養育你們，每人每月
需花費兩萬元
當你們讀大學時的貸款
畢業後只能到低薪職場
要如何償還

成家後要購屋
簡訊說得清清楚楚

低薪十五年不吃不喝
未必能籌足這些錢

平平、安安，你們這一對
純樸天真，可愛的雙胞胎
未來退休年金給付
一直在變動
你們要如何平平安安度過

陽明山四季的景觀

巍巍挺立的陽明山
山路像彩帶，沿路綻放
一束束靈感的花朵
在蜿蜒的山路上漫步
欣賞繁花馨香
聆聽山泉琴音
仰觀瀑布的雄壯
凝視小油坑飄浮的煙嵐

山間小徑
是一首平仄分明的格律詩
一樣有野花怒放，山櫻嬌艷
一樣有樹木蔥蘢，松柏沉毅
一樣有溪流叮咚，流水晶瑩

春季放飛翠綠的容顏
櫻花、杜鵑怒放
春夏間還有澤蘭等小花
和茶花競艷

嬌小迷你可愛的身形
讓人眼神為之晶亮

大屯山自然公園
斑紋小蝶在花間飛舞
夏秋蟲鳴，彈撥天籟
不停的縱情歌唱
秋季山茶、波斯菊、向日葵
芳草四溢
十月七星山上的芒花
如少女馬尾，輕盈搖曳

七星山頂上，指天的
南長劍，直刺蔚藍天空
高聳、挺拔、威凜
擎著監視、偵測
四面八方的動靜

午後，榮總的荷池

午後，晴空萬里
在榮總荷池靜坐
觀賞，不見嫩葉平水
也未見嫵媚花姿，優雅引人

觀魚游，隨波浮沉
舉手拋香餌，群魚吞躍
而烏龜淡定，低頭凝視池中
中正高樓的倒影
在水中搖晃，清澈見底
風生柳絲粼粼波光

望向對岸
垂柳千條，隨風飛舞
瞬間幻化如夢
不知五柳先生
桃花源裏可有此景？

再向左看

九曲橋上三三兩兩
嚮往此間景色
但情緒低落，在垂柳心中
似有淡淡離情
有人雖戴眼鏡，仍難掩飾哀傷

我借地作紙
以柳為筆，石為硯
飽蘸池水，寫盡死生無常

凝視雞血石

我曾在無名氏處見過
一大塊雞血石
恍若玉品，其鮮血艷紅
如能雕成藝品或製作印章
將是美不多讓

天目山上的文遠住持
曾將一塊雞血石，獻給
乾隆皇帝
雕成「乾隆之寶」玉璽
此物典藏在北京故宮
仍以帝王之尊炫耀
供遊客凝視、觀賞……

老友知道昌化產品較優
特為我選購一塊
像三明治的雞血石
我鑑賞把玩，永不變質堅硬
擁有永不汙染的色澤
予我一種很真切的觸感

生日蛋糕上的紅燭

生日，請你來提示歲數
點燃了你
光照四方
掀起祝壽的高潮

紅燭燃燒中
燦爛的光焰在蛋糕上飄盪
我歡唱著
你卻在流淚

你承受燃燒的灼痛
我只好縮短許願的時間
快速地吹熄你
贏得全場歡聲鼓掌

咖啡店的老板娘

東區一家咖啡店
老板娘穿著跟上巴黎
面頰溫潤豐腴
待客熱情，微笑優雅
宛如一朵迎春花

咖啡店裏裝潢典雅
充滿了文藝氣息
我在一個臨窗座位坐下
聆聽蕭邦鋼琴協奏曲
激越優揚的詩韻
引領我親近繆斯女神

老板娘蓮步輕移
純真微笑，親切送來
一盤色香味具備的簡餐
輕聲細語「請慢用」
餐後，咖啡格外濃郁甘醇
我一面進餐，一面仰察

總覺她就是繆斯女神化身
值得詩人禮讚
我離席時，她含笑說：
「謝謝光臨」
就是一首絕佳的詩

玉環和飛燕的鼓舞

——陳威明主任贊

陰冷暗淡的寒夜
渴望早點回到溫馨的家
不料搭車時一腳踩空
像滑雪者從空而下
恍若躺在棉絮上
驚恐得失去了知覺

當我被救起送醫
麻木的右腿
似在鋸木聲中打上鋼釘
靜靜地平躺了六小時
配給我一個玉環似的助行器
期待僵硬如石柱的傷腿重建

不久，漸漸恢復知覺
開始如蝸牛移行
一個月過去了
終於嘗到坐立較穩的美味

她陪我走到廣場
沐浴溫暖可愛的春陽

又過了一個月
走起路來雖仍如風中蘆葦
賴她耐心扶持
我才沒再倒下
而熬過了傷筋動骨一百天的
自然法則

可這善妒的玉環
卻嘀咕我後來另結新歡
改由如飛燕的四足杖陪伴
一階一階爬上走下
並偕我同遊北海岸、大賣場
直待我腳步穩重才安心惜別

經過這番折騰
換來了人生寶貴的體驗
那種跌倒的感覺
如墮入黑暗深淵
幸蒙玉環、飛燕鼓舞支持

讓我又得以穩健邁向明天

後記：2007 年 1 月 21 日深夜，我不幸右股骨頸骨折。經過手術治
　　　療與六個月的復健過程，謹以此詩誌其梗概。藉以感謝骨
　　　科主任陳威明教授。

檳榔西施

閣樓似的檳榔攤
被霓虹燈管纏繞著
艷麗撩人的仿冒西施
任由過客神魂顛倒
以為到了阿姆斯特丹

超迷你的內衣
如皺捲的葉片
包裹著可餐的秀色
半露雙峰，全裸玉腿
令人想入非非

每有轎車停下
她便主動送上
讓好色車主眼珠呆滯
狼爪上下飛舞
亂抓肉球

張教授與我有約

新店山上有座玫瑰城
城內有棟自稱藥樓
夢機教授曾於 2004 年底
在此約見我
由正三老師開車載我前往
從碧潭畔蜿蜒而上如登仙山

相見時，大師坐在輪椅上
下半身癱瘓
左手下垂，無力扭轉
右手只能歪歪斜斜寫字
約定每月第二個星期二
為我授課

教授講學用口述
因他聲音很低
我必須專心聆聽作筆記
他教我七言絕句十三法
並為我《健遊詠懷》賜序

2010 年 8 月
夢機教授忽然仙逝
我便將其所授講稿尊稱為
「名家立說」，併入
〈我習作古典詩的筆記〉

2011 年 9 月
台師大陳滿銘教授得悉
約見我於萬卷樓
讚揚「名家立說」足以傳世
特在《國文天地》披露

我很幸運，有此際遇
夢機教授在藥樓的約見
宛如圯下老人贈書
讓我暮年有機會推展詩教
綻放樂活好時光

賞析徐世澤的「新詩韻味濃」

周伯乃

　　情愛是文學創作的泉源，是訴諸於個人主觀意識的呈現，自原始人類的口演文學，就圍繞著情愛的表達。如原始社會裏的男女隔山唱和，或在田園間相對歌唱，都深切地傳達了彼此的愛慕之情，這是基於人類內在情愛的激盪與表達。劉勰在論及詩歌的誕生時，說：「人稟七情，應物斯感，感物吟志，莫非自然。」（見《文心雕龍》明詩篇）唐初史學家李百藥亦說：「人有六情，稟五常之秀；情感六氣，順四時之序。」（見李著《北齊書‧文苑傳序》）

　　我刻意提出「情愛」是文學創作的泉源，是基於人的天性。因為，我一向強調寫詩要用情、寫散文要用愛、寫小說要有豐富的生活經驗。儘管前輩詩人力主創造純詩（Pure poem），認為除詩以外沒有任何目的。尤其是過去的兩個世代時的大詩人，如梵樂希（M. Paul Valèry, 1871-1954）、馬拉梅（Mcallanmè, 1842-19-898）、艾略特（T. S. Eliot, 1888-1965），都發表了很多純詩的理論與詩，影響所及，我國在上一世紀六、七〇年代亦有極豐富的「純詩」作品面世，使現代詩壇蔚為風尚，許多年輕詩人以寫「純詩」為鵠的。他們苦心孤詣，搜羅盡世上可能創造出的意象，展現其詩中的玄秘，引導讀者走入一個靜寂的淵藪。如今，出現了一位上一世紀四〇

年代鄉土小說家沈從文寫實手法寫新詩的詩人徐世澤醫師。他畢生從醫事工作，在他的工作中，他以敏銳的觀察力洞察了他周邊的人、事、物的情景。他以悲天憫人的惻隱之心，透過詩的手法，創造出他《新詩韻味濃》一鉅冊，於民國一〇四年二月間面世，隨即於同年五月間再版，造成洛陽紙貴。不及一年，又再版，這是詩壇少見之事。作為好友之一，讓我苦讀了兩遍，不能不令我佩服。早年，他寫遊記，後來，讀了些他的傳統詩，也就是一般所謂的近體詩或謂舊詩。如今，讀了他的「新詩韻味濃」一書，我才發現我所堅持的寫詩要用情的觀念要改變了。我要套一句當年以鄉土（湖南湘西為題材）寫實小說飲譽中國文壇的沈從文「論聞一多的『死水』」一段評語，他說：「作者是用一個畫家的觀察，去注意一切事物的外表，又用一個畫家的手腕，在那些儼然具不同顏色的文字上，使詩的生命充溢的。」（見徐志摩主編的〈新月選集〉第五集文學評論）

徐世澤先生以他職業性的關懷周遭人、事、物，而且非常深切去觀察、體驗。最後，以極簡潔的文字呈現出來，不但感人，而且讓你讀後感受一切事物如在你凝眸裏。如他寫「推輪椅的菲傭」：

斜陽散步，在醫院長廊
一雙黝黑而溫順的手
推著一輛輪椅緩緩徜徉

老人乾癟的嘴問短問長
她豎起耳朵，貼近那張嘴傾聽
他黃昏的憂傷

晚秋的風
吹亂夕陽的影子
她想起了椰樹下的爹娘

　　短短九行詩，不但表現出那老人的心境，也素描他目前悽愴，那耳聾、目盲，說話不清的近黃昏的憂傷。說白一點，就是來日無多的死亡的陰影正籠罩著老人。也讓菲傭聯想她家鄉的老爹娘。作者以「椰樹下」情景呈現出她對老人的思慕情懷，亦是人性的本能，更深刻地表現出一個女人離鄉背井，為人作傭在他鄉的許多無奈與悲愴。

　　人生有許多無奈，如菲傭遠離家鄉，遠離親人，甚至自己的丈夫、孩子，只為了比在故鄉較好的金錢的報償，累積一些金錢作未來的生計。

　　這首小詩，對我來說感受特別深，因為在五年前，在醫院走廊上、在家前的庭院裏，我也推著我的病妻看病、曬太陽。更意料不到的，她走後，不到兩年，我也因腦中風成了殘障的人，要靠印尼傭推著輪椅進醫院，或到公園曬太陽，與那被菲傭推著的老人又有什麼不同呢？只是我比那位老人好一點，右手可以寫稿，腦子還沒有殘廢，口還可以張口吃飯，但也有太

多的無奈，如對黃昏落葉，都是暗示著生命即將結束。這是一種無奈，也是天地間萬事萬物的循環定律。猶如俗話說的：「娘要嫁人，天要下雨。」誰又能阻擋得了。

　　詩的語言不僅是一種美，也是一種具象的表現，更是聲律、音韻的傳達。讀徐世澤先生的詩，就有這種感覺。如：「謁光舜亭」：

　　　　對蔣公的健康貢獻不凡
　　　　延壽四年，使台灣平安
　　　　不料他自己只活五十幾歲
　　　　喪禮理應超過一般
　　　　榮總在陽明山建光舜亭
　　　　讓雲霧在他胸中穿梭無遮攔

　　　　西邊景觀是著名軍艦岩
　　　　秋風悠然穿過又轉還
　　　　四十餘年林立森森陰氣重
　　　　碑文斑剝，青苔滿佈不易看
　　　　子孫在美難得返台
　　　　我謁光舜亭，不禁為他興嘆

　　作者在詩後有一段小小的附註：「盧光舜醫師，一代名醫。一九七〇年在美邀請心臟科名醫來台，為蔣公診治，延壽

四年，使台灣政局安定，影響深遠。」

　　盧光舜醫師，當時任台北榮民總醫院副院長兼蔣公中正的醫療小組召集人，負責蔣公醫療全盤督導。後來，他自己也罹患了癌症，生前還寫了一篇約三萬五千字的文章，細說他與癌症的抗爭經過，並打電話給我（時任中央日報副刊執行編輯），說他不久人世，希望在他有生之年看到這篇文章能在中副發表。我向副刊主任孫如陵報告後，分三天刊出。

　　如今，讀世澤先生的「謁光舜亭」一詩。雖然我與光舜醫師未謀一面，但他在電話中的慈祥的聲音依然好似還在耳中盤旋、迴響，真是故人音語宛在，人卻駕鶴歸去，奈何！

　　徐世澤先生這首詩，不僅襯托出光舜醫師的精湛的醫術，同時也具體呈現出光舜醫師的高尚醫德，為了一代偉人的健康，不惜抱病遠赴美國延醫給蔣公診治，使蔣公延齡四年。四年再平凡的人，也不算什麼，但對一個漂泊中的國家是多麼重要，正如一個舵手在風雨飄搖中的生命力是多麼重要。可以說瞬息間就可以覆舟，讓全船的人陷於滅亡的命運。

　　一沙一世界，一木一天地，一首短詩，竟能呈現出一個人的人格、歷史，以及其對歷史人物貢獻，也就是他對歷史、對人類貢獻。

　　徐世澤先生也許是其長年受格律詩薰陶，難免他的詩，都有格律詩韻味。譬如：「含羞草」：

　　夏季秋季，疏枝落腳遍山丘

也喜牆角嬉微風

纖枝裊裊，性情溫柔

如鄰家掩面少婦

衣冠楚楚醉想輕侮

一觸便縮頭

酷似十九世紀未婚少女

明知未婚郎君約她出遊

她仍躲躲藏藏很害羞

又想暗地回眸笑

人間狼爪處處鹹豬手

該含羞、含羞

　　詩人用了人物交替的轉折手法，呈現那個變態的人與變態
的社會；又用了以物（含羞草）喻人（未婚少女）的借喻手
法。這是詩人獨特的表現技巧。而詩中所用的「丘、柔、頭、
遊、羞、手」，都是格律詩的韻腳。猶如大陸詩評家吳歡章評
聞捷的長詩「復仇的火焰」，是「半格律」詩，其實這個名詞
是說聞捷的長詩（白話詩）似有韻，又不押韻的新詩。而徐世
澤先生的詩，大多都有這種韻味，也就是都是具有外在的音樂
性，但不是近體詩中的那種平仄音韻，而是自然的音韻和諧。
世澤先生並沒有刻意去營造那些音韻，而是自然形成的音樂旋
律。如果挑選他的詩，讓作曲家譜成曲子就能唱，這是他所有

詩的特色。短詩最重要條件，就是結構要嚴謹整齊，音韻和諧。

世澤先生的詩，除了精短整齊、音韻和諧，還有一種最大特色，就是所寫的人物、事情，都是他所熟悉的周邊人、事，而且洞察入微。因此造成他每一首詩有其統一性。一九二六年元月四日，穆木天寫了一封信給郭沫若，標題是「譚詩」。信中說：「詩的統一性。我的主張，一首詩是表現一個思想。一首詩的內容，是表現一個思想的內容。」他特別引了一首唐代杜牧的「泊秦淮」一詩，作為闡釋「詩的統一性」。原詩是：「煙籠寒水月籠沙，夜泊秦淮近酒家。商女不知亡國恨，隔江猶唱後庭花。」秦淮河，是秦始皇開鑿鍾山，斷金陵長壠，以疏導淮水，後人因此而取名秦淮。穆木天說：「是何等的秩序井然，是何等的統一內容，是何等統一的寫法，由朦朧轉入清楚；由清楚又轉入朦朧。他官能感覺的順序，他的感情激蕩的順序：一切的音色律動都是成一種持續的曲線的。」（見一九二六年三月出版的〈創造月刊〉《第一卷第一期》）

我們欣賞徐世澤先生的詩，絕大部分都如穆木天所說的「詩的統一性」。無論他寫人、寫物，甚至寫山川、河海都掌握住這一大原則。如：「壯麗的太平洋」、「外婆甜蜜的追憶」、「秋之旅」、「竹吟」等等。

最後，我再引用他一首短詩「張大叔」：

張大叔，在睡夢中辭世

臉色悠然慈祥
說明往者沒留下任何遺憾

翌日，抬頭仰望天空
湛藍得令人興起
尤其那朵點綴著的白雲
使我在想
大叔正凌空飄盪的心靈

李阿姨在電話說：
她看到他被推進冰櫃
那一刻只落得一個小小的
容身的空間
不禁暗自熱淚盈眶

一週後，舉行告別式
遺體火化成灰
渺如一縷輕煙
帶著魂魄飄向極樂世界

　　這是一種多麼豁達而又瀟灑的死。法國小說家卡繆
（Albert Camus, 1913-1960）在他的小說「異鄉人」
（L'Etranger）裏，有一段非常感性而又富哲理的話。他說：

「人生是不值得活下去的，這是一種常識。如果一個人將眼光放遠一點看，活三十歲就死，或七十歲才死，實在沒有什分別。因為在這兩種情形之下，別的男人和女人都要繼續活下去，世界也照樣要繼續發展下去。而我也一樣，無論是現在死或者四十年後才死，死亡這一關，仍然無法避免，終歸是要死的。」卡繆死得很荒謬，一九六〇年一月四日，在法國中部的魯勃第布爾一次車禍中死亡，享年四十七歲，得到諾貝爾文學獎不及三年。

卡繆的與徐世澤筆下的「張大叔」的死，在死亡的意義上有什麼分別，一個是猝死，一個是自然的死。詩人將張大叔的死，寫得那麼慈祥、安然，毫無牽掛地走了，走向極樂世界。這種豁達而又瀟灑走，是人生的最高境界。無論是否到了天國，或佛家所說極樂世界，都是化成一縷青煙離開了人間。

我想詩人自有他的人生觀，有他的最高境界看待這個社會、這個世界，才能寫出如此富哲理、富感性的詩章。

周伯乃　詩人、詩評家
中央日報副刊執行編輯
中國詩歌藝術學會理事長

題徐世澤醫師新詩韻味濃

陳慶煌冠甫

君今新舊喜雙輝，
難得真情拜夢機。
現代思維彌老壯，
西潮醫理更精微。
千秋詩脈心通識，
勝國人文景伴歸。
節奏韻揚高意象，
花開並蒂羨芳菲。

淡江大學中文系所教授
中華詩學研究會副理事長

讀徐世澤醫師《新詩韻味濃》二首

許清雲

一卷新詩韻味濃
玉盤珠落意從容
仁醫尚有耕心術
俗慮煙消煩惱封

讀罷新詩韻味濃
神清氣爽滌心胸
騷壇若準評高下
應許千山第一峰

東吳大學中文系所教授兼所長

《新詩韻味濃》點贊

　　新詩與舊詩理應如雙峰之并峙，二水之分流。君能二體兼擅，並蒂詩香，融舊詩韻味於新詩，開詩壇道路於未來，追求現代之語言、情調和舊詩之可記可吟為一體，消除新詩為人詬病之不足，洵承繼千秋詩脈、發揚當代詩風之功臣也。

李德身　2014.12.6 於連雲港市
（江蘇連雲港師院退休教授）

白衣天使

金筑　編曲

徐世澤　詞

```
3·2 1·5·4 3 | 5 6 1 6 5 3 5 2 — | 2·3 2·3 5 5 |
一 臉溫柔相 輕盈 天 使 裝 玉人含 笑

3·5 3 5 3 2 1 — | 3·2 1 5·4 3 | 5 6 1 5 6 3 2 2 — |
來 而 往。 儀 態端莊 親切 勝 冬 陽

2·3 2·3 5 5 | 3·5 3 5 3 2 1 — | 1 5 5·4 3 |
微笑 輕聲 說 殷勤 問 暖 涼 上 班 總 為

5 6 1 6 5 3 2 2 — | 2·3 2 3 5 5 | 3·5 3 5 3 2 1 — ‖
病 人 忙 慈善 心 腸 贏得 美 名 揚
```

⁴⁄₄　空巢老伴

金筑　編曲

徐世澤　詞

```
6·1  6 5  6 5  3│3  2 3  1 6 1 2  3│3  6·1  6 5  3 5 │
```

老　伴兒最可靠，　甘苦共　　嚐，又善　於　烹

常　嘔氣少爭吵，　不聲不　　響，火氣　自　然

要　外出一齊跑，　戶外散　　步，市場　買　菜

不　貪多少煩惱，　何時病　　痛，誰也　難　預

```
6   5 6  3 2 3 5  2│2  5 6  5 3  2 3│5  3 5  3 2  1 │
```

調，外在 風韻未減少，　親　密　尊　重，內在更美好，

消，表示 關心就算了，　大　事　化　小，相忍為空巢，

餚，有時 用手扶著腰，　深　怕　老　伴，走快會跌倒，

料，從早 到晚家務勞，　共　同　生　活，健康就是寶，

```
7 6  5 3  5 6   1│1 —‖
```

內　在　更美　好。

相　忍　為空　巢。

走　快　會跌　倒。

健　康　就是　寶。

合乎「格律新詩三分法」之規範

　　本書內合乎重慶市《東方詩風》之「格律體新詩三分法」規範的，有：

（一）整齊式 10 首

　　　　〈想飛〉、〈筷子清唱〉、〈瀑布〉、〈雄雞頌〉、〈蚊子咒〉、〈傘〉、〈電鍋〉、〈說鏡子〉、〈杜鵑花〉、〈螺絲釘〉。

（二）參差對稱式 6 首

　　　　〈模特兒〉、〈新春遊北海岸〉、〈白衣天使〉、〈兒在美的父母心〉、〈春人詩杜吟宴〉、〈空巢老伴〉。

（三）複合式 15 首

　　　　〈落櫻之後〉、〈失憶姑母〉、〈榕鬚〉、〈房仲對話〉、〈路燈〉、〈視病猶親〉、〈盆景〉、〈塑膠花〉、〈香皂頌〉、〈蛙鳴〉、〈陽明山湖田小學〉、〈春雨頌〉、〈蝴蝶〉、〈樂活常寫詩〉、〈水〉。

文化生活叢書·詩文叢集 1301030

新詩韻味濃 增訂本

作　　　者	徐世澤
責任編輯	吳家嘉
特約校稿	林秋芬

發 行 人	陳滿銘
總 經 理	梁錦興
總 編 輯	陳滿銘
副總編輯	張晏瑞
編 輯 所	萬卷樓圖書(股)公司
排　　版	菩薩蠻數位文化公司
印　　刷	百通科技(股)公司
封面設計	菩薩蠻數位文化公司

發　　行　萬卷樓圖書(股)公司

臺北市羅斯福路二段 41 號 6 樓之 3

電話 (02)23216565

傳真 (02)23218698

電郵 SERVICE@WANJUAN.COM.TW

大陸經銷

廈門外圖臺灣書店有限公司

電郵 JKB188@188.COM

香港經銷

香港聯合書刊物流有限公司

電話 (852)21502100

傳真 (852)23560735

ISBN 978-986-478-026-6

2016 年 10 月初版

定價：新臺幣 420 元

如何購買本書：

1. 劃撥購書，請透過以下帳號
   帳號：15624015
   戶名：萬卷樓圖書股份有限公司
2. 轉帳購書，請透過以下帳戶
   合作金庫銀行 古亭分行
   戶名：萬卷樓圖書股份有限公司
   帳號：0877717092596
3. 網路購書，請透過萬卷樓網站
   網址 WWW.WANJUAN.COM.TW

大量購書，請直接聯繫，將有專人
為您服務。(02)23216565 分機 10

如有缺頁、破損或裝訂錯誤，請寄
回更換

國家圖書館出版品預行編目資料

新詩韻味濃 增訂本/ 徐世澤著. --

初版.-- 臺北市 ：萬卷樓, 2016.10

　　面 ；　公分

ISBN 978-986-478-026-6(平裝)

851.486　　　　　　　　105016223